抱歉，这么晚才找到你

乔诗伟 著

北京联合出版公司
Beijing United Publishing Co.,Ltd.

图书在版编目（CIP）数据

抱歉，这么晚才找到你 / 乔诗伟著 . -- 北京：北京联合出版公司，2016.5

ISBN 978-7-5502-7632-1

Ⅰ . ①抱… Ⅱ . ①乔… Ⅲ . ①故事—作品集—中国—当代 Ⅳ . ① I247.8

中国版本图书馆 CIP 数据核字（2016）第 082725 号

抱歉，这么晚才找到你

作　　者：乔诗伟
选题策划：北京宏泰恒信文化传播有限公司
责任编辑：徐　鹏
策划编辑：陈粙莉　李　艳
封面设计：胡椒设计
版式设计：王玉双
责任校对：赵建华

北京联合出版公司出版
（北京市西城区德外大街 83 号楼 9 层　100088）
北京联兴盛业印刷股份有限公司印刷　新华书店经销
字数 150 千字　880 毫米 ×1230 毫米　1/32　9.5 印张
2016 年 5 月第 1 版　2016 年 5 月第 1 次印刷
ISBN 978-7-5502-7632-1
定价：36.00 元

序

愿你的爱情如期而至

诗伟是我的好朋友，我们有过几面之缘，我还没出书的时候，他的文章已经在“人人”很火了。这次他让我作序，告诉我是一本爱情故事，说实话我挺惭愧，毕竟自己很少写爱情故事，而诗伟的爱情故事又写得很动人。有时候我会很佩服那些特别会写爱情故事的人，甚至会生气地想，他们是不是没事儿就找女朋友然后分着玩。

后来发现错了，其实，不过是在感情中受伤次数多，变得敏感了，变得善于发现生活了。

我谈的恋爱不多，甚至不知道什么是浪漫，我所理解的爱情是等价的交流，平等的高度，大多数的爱情悲剧无非输给了时间、距离、冷漠、现实，其实说白了，就是不平等。

可是，掰碎了看，就算分了，也是美的。毕竟，在男生一无所有的岁月，在女生懵懂无知的年龄里，那样的爱情太美，虽然很多时候毕业季是分手季，但却让爱情变得更加永恒。

我工作五年了，现在一边当着老师，一边一只脚跨进了娱乐圈，有时候会明显地对比两个世界，一边是有吉他有路灯的单纯，一边是灯红酒绿的浮躁。随着年龄越来越大，也就越来越少地对一个人动心，越来越少春心荡漾地去想着那一个人。

爱情，变成了快餐，真爱，变成了奢侈。我遇到太多人跟我说，不就是爱情，失恋了又如何，谈不下去又怎么样！

我看了诗伟大多数文章的开头和结尾，最让我感动的，就是那些对爱情描写的细节。那些爱情有成功，有失败，失败的偏多，成功的较少。

那次我看着他那篇《我喜欢的人跟我有夫妻相》，这是少数两人幸福在一起的故事，忽然觉得结尾和过程相比其他分手的文章来说，很平淡，于是我开始想，为什么成功的爱情能这么平淡。

忽然我懂了，爱情这东西，平平淡淡才能长长久久，分手了的，总会被记得轰轰烈烈。那么，我们到底应该追求什么，是短暂的轰轰烈烈，还是长远的平平淡淡，或者，是否有着持续的轰轰烈烈。

写到这里我忽然开始疑惑，因为，我不懂了。

幸运的是，还有诗伟这样的作者，他把爱情看得很透，生活看得很细腻，一个个的故事里，透着爱情的酸甜苦辣。

愿这本书能让你在忙碌的过程中看到收获，去相信爱情，去让自己变得更好，我想，这也就是我作序的原因了吧。

是为序。

李尚龙
2016 年 4 月 17 日

Part2 我们爱得刚刚好

目录

Part1 茫茫人海，你在等谁来

Part4

有的人，一旦错过就不再

Part3

世界那么大，刚好遇见你

Part1　茫茫人海，你在等谁来

我要你知道，这个世界上有一个人会永远等着你。无论是在什么时候，无论你在什么地方，你知道总会有这样一个人。

抱歉,这么晚才找到你

来和悠悠相亲的“马脸男”，要比悠悠小三岁，他好奇地问她，大龄单身女青年是一种什么体验?

悠悠说，大概是周围的人都在替你着急，建议你赶紧去传宗接代、传宗接代、传宗接代。

噗,马脸男还没来得及喝下去的水,猛地炸成了空中一片细雨。

一时之间，马脸男觉得有些尴尬，就寻了个借口离开了餐厅，再也没有回来。

悠悠淡定地抹了一把脸，心里想着，还好没有上菜，不然全糟蹋了。

刚刚离开的那位“马脸男”其实和悠悠同住一个小区，不过两人很少有来往，也是父母劝她去相亲，她实在有些不耐烦才答应和他们安排的这个对象见面。

结束以后，她才回到家里，爸妈就号令群亲召开了声讨大会。

悠悠爸激动得唾沫星子乱飞。你说说！你说说！你所到之处，男生望风而逃是怎么回事？

悠悠妈在旁边也帮衬，就是，对方这么好忽悠的一小伙，就这么被你傻B叨叨地吓跑了。

边上的亲戚们根本毫无立场可言，一听到悠悠爸妈要留吃晚饭，就不停地附和他们说，是呀是呀。

登时，悠悠被念得头晕脑涨。

感觉有五十六种语言在她耳边汇成一句话——你快结婚！你快结婚！你快结婚啊！

最终，悠悠妥协了，答应老老实实一直相亲，直到她找到对象为止。

这也让她明白了这个社会为什么会变得这么急冲冲的原因。

当你慢悠悠不心急的时候，自然会有一大帮子人来替你着急，更离谱的是他们还不允许你不着急。

你要是敢风轻云淡不当回事，他们就要轮番教育让你重新做人。

所以说，每个家庭在对待上了年纪的“单身狗”的态度上，都是丝毫不留情面的。

这样虽然心烦，但悠悠没有抗议也没有争执。

一来是悠悠自己耳根子比较软，二来是为了让自己不再受到被念紧箍咒这样痛苦的折磨。

于是，关于相亲，悠悠去了一次又一次，但最终还是没有遇见自己觉得合适的那个人。

于是，她的爸妈每次相亲结束都会翻来覆去说这么一句话，挺合适的，你怎么就看不上人家呢？

悠悠不想争论这些，但心里还是会想，合适，哪里合适？一张从来没有见过的脸，能成为自己最亲密的人吗？和对方牵手接吻睡同一张床，然后生一个小孩。两个人又没有感情基础，对方出轨怎么办？我自己出轨又怎么办？诸如此类的问题只要想想她就觉得可怕。

但她依然会去，就当是在应付家里的担忧与操心。

周末的时候，悠悠在爸妈无数的叮嘱下去了一家餐厅。

她找着自己坐的那个位置，找到那个正在等待自己的陌生人。与对方千篇一律的对答显得那么无趣。

你叫什么名字？

你叫什么名字？

你住哪里？家庭条件怎么样？有弟弟妹妹吗？

你愿意尽快和我结婚吗？

哦，对不起，我们不合适。

有时候这句话是悠悠先说，有时候这句话是对方先说，但悠悠每次都是最后一个离开，她不想太早回去，这样能少听一些家里的唠叨。

她一个人靠在沙发椅上，长长地叹息。为什么遇见一个喜欢的人会这么困难呢？而且这么难的事情，偏偏还必须得去干。

在悠悠想着这些烦恼愁眉苦脸的时候。

你好，我能坐下吗？一个声音在悠悠的对面响起。

对了，我叫慕白。

他是个和悠悠年纪相仿的男人。

悠悠看着他，坐吧，反正我一会儿就走了。

场面沉默了一会儿，这个叫慕白的男人觉着有些冷场，开始和悠悠有一搭没一搭地聊了起来。

你也是来相亲的吗？

因为拥有丰富的相亲经验，悠悠对于这样的问题没有露出半点不自然，她大大方方承认了这个事实。

对啊，我来这儿很多回了。

慕白继续追问，来了这么多回，你就没有遇见一个合适的？

悠悠不想跟陌生人谈这件事，就岔开了话题，那你呢？你又为什么来相亲？

慕白顿时露出一种难以言喻的无奈表情，你是不知道，我的敌人太强大了，我根本没有一点还手之力。

每个周末，我爸我妈就叫上一大堆亲戚聚会，十几个人围上一大桌子。等我一个个给他们盛好饭，我坐被审判席不准端碗，他们坐审判席吃得很欢。接着他们就开始聊了。

先是我爸我妈抛出一个话题，最近看新闻，听专家说单身太久的人容易短命，你们知道吗？

某亲戚，可不是嘛，听说单身太久的人没有几个长寿的。

某亲戚，还不止呢，听说单身太久的人会染上疾病，什么癌症啊，什么心血管疾病脑膜炎啊。

他们一边说，一边用眼睛瞄我，眼神里透出一副我无药可救命不久矣的表情。

慕白才说到这儿，悠悠忍不住捧腹大笑，哈哈，你丫也够倒霉的，后来呢后来呢？

慕白讪讪地解释，我还不是只能认尿，跟他们说，你们可真是我的亲人哪，我去相亲还不成吗？

他们见目的达到，形势一片大好，当着我的面，又高兴地多吃了一碗饭。

那些长辈们为了自家后代的繁衍，真的是煞费苦心，连这样的恐吓手段都使了出来。

突然有一种相亲遇知音,喜不自胜的情绪在悠悠心中悄然滋长。

这还是悠悠第一次遇见和自己这么同病相怜的人，她改变了要离开的决定，她还想留下与慕白唠嗑聊会儿天。

于是，她喊服务生点了一些甜品点心与慕白分享，毕竟我们也是第一次认识，讲讲过去吧。

从哪儿开始呢？就从小时候开始吧。

慕白说起了自己的童年。

小时候我特别爱漂亮，经常对妈妈提很多要求。

有一次我说，妈妈，我想穿你那件好看的花裙子。

我妈就严厉地告诉我，不行！我有些不死心，就继续问她，那我长大了能穿吗？

没想到我妈一下子就火了，抄起衣架追了我好几百米，最后被她逮住了，她一边打一边骂我，你究竟知不知道自己是个男的！你究竟知不知道自己是个男的！

我就是在这样的教育环境下长大的，所以我今天才能幸运地坐在你的对面，而不是和一个大男人在角落里搂搂抱抱。

悠悠想要绷住脸，但还是熬不住了。哈哈哈哈哈，你妈打得好你妈打得好。

慕白尴尬地摸了摸鼻子。不许笑了，该你说了。

好，哈哈哈，我说，哈哈哈，我说。附近听到动静的客人有些奇怪地望了过来，她才将自己的笑声强忍下来。

悠悠摇晃着面前杯子里的水，看着被她弄出来的小漩涡。大概是这样，我出生的时候，我爸妈还有亲戚好友都来看我，都说我长得很健康。当时我有个表哥，我出生那年他才刚满十岁，他没有跟着妈妈一起来看我，但他心里还是很好奇的。所以，当他妈妈回家以后，他就缠着妈妈问，怎么样啊，表妹怎么样啊？没想到他妈妈回答，挺好的，白白胖胖，就是长得有点丑，就是长得有点丑……这件事直到现在，还被亲戚们拿来笑话我。

这下，两人越聊越投机，因笑声太大，被好几桌客人当成了神经病。

直到日落黄昏，两人在相互告别的时候互留了联系方式。

不知道为什么，从这一天起，两人默契地再也没有去参加过聚会相亲。

也许是他们潜意识里都有这样一个念头，那就是时间都应该花在对的人身上。

于是，在双休的日子里，慕白会在早晨喊悠悠一起去公园散步。

两个人一起坐一把长椅，凑在一起讨论晚上去哪里吃好吃的东西。

两个人已经俨然一对亲密的恋人，但他们都没有将最后的这层窗户纸给捅破。

有可能是因为他们年龄大了，对待感情都比较小心翼翼，都只是像蜗牛般用触角相互试探。

不过不能否认的是，这世间多出了两个二百五，他们经常一个人就能傻乐上十几分钟。

当悠悠爸妈发现悠悠有反常现象的时候，他们忍不住询问，闺女啊，你是不是恋爱了。

悠悠娇羞一笑，还没有呢，不过是遇见了一个不错的人。

悠悠爸妈欣喜若狂，原本悬着的心才稍稍落地，但还不忘叮嘱，不管怎么说，你该出手时要出手啊。

悠悠忍不住接着话头唱道，风风火火闯九州啊。

人们已经拿这个“逗比”没有丝毫办法了。

乐归乐，但她知道，虽然很幸运地碰到了喜欢的人，可心里总是有一种担忧若隐若现。

今天，商业街那里正在举办台湾美食节。

悠悠邀请慕白一同前去。

他们逛了一圈，肚皮也大了一圈，就在一棵榕树旁边的小亭子里休息。

没过一会儿，悠悠示意慕白看前面，你看前面那个女孩。

慕白没明白，那个女孩怎么了？

悠悠认真地问他，你有没有觉得她是在等人。

慕白盯着那个女孩看了好久，应该是吧，她一会儿看手机一会儿看周围的，好像很焦急的样子。

悠悠难免想到自身，心情有些失落，你觉得她能等到她要等的人吗？

慕白没有回答，只是陪她坐着，一直看着那个女孩。

会有人来吗？

一个钟头，两个钟头，三个钟头……

夜色来了，空中好似蒙了一层灰雾，街灯自动亮了起来。

周围人群开始变多，熙熙攘攘地从他们俩身边走过。

而那个女孩直到刚刚才走，她没有等到一直在等的人，好像她离开时还哭了。

悠悠有些难过，你看，没人要她呀，多好看的姑娘，为什么她等的人不来接她呢？

慕白没有吭声，只是抱了抱悠悠，就转身离开了。

后来悠悠等了一个星期，都没有再见到他。

她忽然觉得这段奇妙的相遇就像沙子建的城堡，好看是好看，但很容易就坍塌掉。

在她以为这段还没开始的感情就这么结束的时候，慕白又不知道从哪里冒了出来。

他站在她家楼下大声喊："你看，我要你呀。你等的人来接你啦。"

她有些哭笑不得，也忍不住泪流满面。

之后的过程都很顺利，两人的婚期也定了下来。

在结婚那天，新娘悠悠对着话筒发表感言。我们这一辈子都在寻找对的人，有可能你到三十好几都不知道对的人长得什么模样，所以你为之焦虑。可是当你真正遇见他的时候，你会发现那个人，特别顺眼。眉毛眼睛鼻子嘴巴都刚刚好，笑起来那么好看。你又正好知道对方也在喜欢你的话，天哪，这个怎么看都看不厌的人以后就是属于我的啦。

主持婚礼的司仪笑着将话筒凑到新郎的嘴边。

那你有什么话想对新娘说吗?

抱歉，我这么晚才找到你，你没有等着急吧。

有些人你永远不必等

哲学界有三大难题，我是谁，我从哪里来，要到哪里去。

爱情里也有难题，我为他付出那么多，等他那么久，他为什么还不喜欢我？

把这句话翻译一下就是，我瞎了狗眼才看上人家，人家是不是瞎了狗眼怎么还看不上我。

自从我的业余爱好里有写感情故事这件事以后，我就莫名其妙成了妇女之友。

比如满腹怨念的唐婉清，就总是哭天喊地地问我要那个爱情难题的答案。

她说她喜欢一个男生好几年了，跟人家表白无数次，都没法修成正果。

她一直为他等到现在，想要放弃又舍不得。

因为唐婉清心存幻想，总是认为对方明天就会被自己的付出给感动，然后和她在一起。

虽然她因等待的煎熬过得那么痛苦，可毕竟已经付出了那么多，她还是想咬咬牙再等等看。

这应了一句话："当人有了执念，就会没完没了。"

随着时间久了，有个疑问开始在她心底黑体一号加粗，并全天二十四小时在她脑海里刷屏。

到底是应该彻底放弃还是继续等待这段未知的感情?

唐婉清在自己心里憋了很久，才终于忍不住跟我问了这个问题。

而我心里却在想，这世间的东西哪里来那么多的答案呢，这还不是全看自己相信还是不相信。

像等待这种遥遥无期的事情，有没有意义也是由自己觉不觉得值得来决定。

见我半天都没有回复她，唐婉清又问我："你也不知道答案吗？"

我只好告诉唐婉清："是啊，我也没有答案，但我有一个故事，你要听吗？"

她说好。

以前有一个叫默默的女孩。她善良、有耐心，是一个比较传统的姑娘。她现在在一家商品网站做着文案。

她以前的同学、朋友，结婚的结婚，或者是因为政府放开了生育政策的缘故，忙着生二胎。

而她在小城市里租了一间小房子，独自生活，日子过得单调又无聊。

她的屋子里没有任何男人来过，唯一的雄性是那个哆啦 A 梦的抱枕。

虽然抱上去并没有什么安全感，但聊胜于无。

她的作息安排是这样的，每天一大早起床，给他发“早安”，上班，下班回家做饭，晚上给他发“晚安”，在梦中想象对方温柔地照顾自己，和他发生一些不存在于现实生活里的亲昵。

那个男人有时会回复她的消息。

“嗯。”

“我还好。”

“今天没有什么特别的事情发生。”

简单的几句话总是能让默默开心小半天，但开心完的她，心里又会觉得有些怅然若失。

他还不属于自己，是啊，他从没属于过自己。

默默一直单身在等的就是这个叫付志明的男人。

她想等他进入自己的生活圈子。

她想等他答应成为自己的爱人，然后与他永结同心，一起白头偕老。

默默希望这样，却也只有默默一个人希望这样。

今天默默在公司和同事闹矛盾了，两个人吵架吵得很厉害，最后差点没打起来。

默默嘴很硬，倔强，丝毫不落下风。

也是，一个人久了，为了不受别人欺负只能让自己变得强硬。

只是当听到有人说她这么凶，她肯定找不到男朋友的时候，默默一个人偷偷躲在天台上哭了起来。

她也想有一个人来照顾自己，她也想温柔可人地依偎在别人怀里，可是没有啊，她等的那个人从没在感情上对她做出过任何回应。

而且每次只要默默一说到感情的事情，那个叫付志明的男人就会回避掉这个话题。

他为什么要回避自己的示爱呢？

他不想谈这个话题。

或者他对自己一点也不感兴趣。

默默不敢往深了想，只能一遍又一遍告诉自己肯定是因为前者。

默默又想到刚刚吵架那事，如果这个时候他能来安慰安慰自己就好了。

于是她掏出手机想给付志明发条短信，想和他说一说今天的委屈，但默默最终改变了主意，她只是告诉他说：“今天的天气很好，我也过得挺好，你呢？”

一直到晚上九点，付志明才回复她：“我也还好。”

默默又发了条短信：“那你今天都忙什么了啊？”

这次短信回复很快：“一直忙到现在，有些累，明天再说吧。”

默默心里藏着千言万语，但只在手机屏幕上按出了一个“晚安”。

如果外面的夜空有流星划过的话，那默默肯定会出去许愿。她会希望付志明与她的交流能够变得更多一点。

哪怕一点。

对了，默默很久之前，就将手机和电脑上看天气预报的城市都设置成了付志明所在的城市——北京。

她要第一时间知道北京那边的天气。

好知道他在的地方是晴天还是雨天，给他一些生活建议。

时间过凌晨十二点的时候，电脑管家提醒默默冬至了，默默查了一下那个城市未来七天的天气。

不是小雨就是阴天，12 到 7 摄氏度，北风微风。

默默自言自语：“应该有些冷，明天得提醒他把外套穿上。”

胡思乱想的默默终于就着疲倦睡去，但一大早被闹铃闹醒的第一件事就是给付志明发信息："天气转凉了，记得爱惜身体好好照顾自己，要多穿件衣服，免得感冒了。"

"我会心疼的。"这一句话，默默只能在心里说着。

可能这样的关心并没有什么用，但默默还是想要用这些关心让他感觉到自己的存在，至少一点点也可以啊。

这些事情持续到一年后的某一天。

付志明的回应突然开始多了起来，终于有一天他跟默默说："我知道你的心意，要不我们来个约定吧，四年后，如果我单身，而你还喜欢我，那么我们就在一起，怎么样？"

听到这段话，默默显得有些无奈又有些期待，可不管怎么说，她的等待终于有了一个机会，虽然这个机会看上去是那么的缥缈。不过四年时间，她肯定能坚持下去的，她在心里给自己打着气。

但这四年加上之前的一年，可就是五年了。

五年是一个什么概念，就是默默经常挤地铁上班的时候，会遇到一个女乞丐，连她讨要回家的路费，都从最初的一块涨到了后来的八块钱。

但默默真的傻乎乎地等了。

五年的光阴都消耗在等待里，约定好的日子到了，她一直在等的那个男人付志明会在今天给她一个答案。

她有些彷徨又有期待。

这一次他会真正属于自己了吧。

默默兴奋地去北京找他，将自己打扮得漂漂亮亮，她想听他亲口告诉自己。

车开了，默默在途中等待到站，她有一瞬间觉得这次等待比那四年还长。

她在北京找到了付志明，他正好从公司下班。

但是事与愿违，他没有拥抱她没有亲吻她。

他只是说他早就不是单身了。

五年的等待，忽然在这一刻变得毫无意义。

而且还不止，默默知道了更多的事。原来当初他与自己做这样的约定，只是因为他和当时的对象吵架分手了。回到单身的他对一直等自己的默默有了一点点心动，他想如果没有更好的对象，那他就和她在一起好了，毕竟她是爱自己的人，会迁就自己，也会无条件对自己好。

默默说不出心里什么滋味。

她今天来了，可是她又要走了，还不得不走。

走之前还做些什么吧，默默想让付志明载自己到附近逛逛。

付志明想了想，也好，他本来就准备开车去老家找女朋友，路上正好经过一些景点。

老家？默默心想，那我去看看他的老家也好。

但是车子开到故宫，付志明就把默默放下了。默默围着故宫一直转啊转，她想，他会回来找我的吧，我一个人来这种陌生的地方，他应该不会这么狠心把我扔下吧。可是后来他就真的没有再回来，把她扔在了那里。

默默有些不明白，她在心里问自己："我为什么要那么喜欢他，喜欢到认为他比我自己重要，喜欢到他随便一句话就可以影响我的心情，喜欢到我自己卑微得不得了。可付出这么多，等他这么久，为什么他还是没有和我在一起？"

或许，她所要的爱情不过就是一根枝丫吧，寻着了，便有枝可依，寻不着，即使表达的爱再深厚，也无处可去。

这个故事结束了，也让我想起以前我上学时候喜欢过的一个女生。我等了她三年，终于有一天她告诉我，一个月后会给我一个确切的答案。

真是令我惊喜又恐惧。

因为这段漫长的等待终于要有结果了，虽然我并不知道这个结果是好还是坏。

每一天我都在焦虑又满怀期待的心情中度过。

她是会答应还是不答应呢？

这真是一个折磨人的问题，让人发狂。

最后那天女生给我发了信息："我想了想，我们还是不合适。"

当时家里正在打地基建新房子，我住在隔壁人家的一间老泥瓦房里。

坐在电脑面前的我，眼泪没出息地使劲流淌。

那是一种什么感受？

那是一种满满的期待化为乌有的感觉。

就好像是被人一记重拳打在了胸口，心上乌青一片，疼吗？疼。

我妈在这时候回来了，她看到我的眼睛："你怎么哭啦？"

我赶紧别过头说："刚刚玩电脑，有沙子进了眼睛。"

她又问我："那怎么能一直流眼泪呢？"

我又解释："因为眼里的沙子比较多。"

为了不让她继续这个话题，我出门了。

那时候我暗暗发誓，一定要好好对自己，不要再将大好时光都浪费在等待别人上。

将宝贵的时间花在遥遥无期的等待上，不仅毫无意义，也不值得。

唐婉清不满意这个故事："你怎么知道所有的等待都毫无意义？"

我：“我想你没理解我的意思，我并不是说所有等待都没有意义。”

唐婉清：“那你是什么意思？”

我：“我只是说很多时候等待只有在对方回应的情况下才有意义，而你等待的那个人，他有自己的生活圈子，你觉得他会到你的圈子里来吗？我们总以为让自己成为一个感情里的伟大牺牲者，凭着自己想象的感动就能唤起别人的真心，可真的是这样吗？无论你付出多少，等待多久，甚至一掷千金，可对方需要这些吗？”

请你别再在自我美化的感情里等待啦，你白白花了那么久的时间。

你要明白你等的那个人，他有自己的生活，他有自己的恋人同他说“早安晚安”，他有自己的手机知道未来七天的天气，悲伤快乐时有人会给他拥抱。

他根本不需要你。

你真的还不明白吗？

一段好的感情根本不需要你去等啊。

你真的没有看出来吗？

他不爱你呀。

所以你真的不必再等下去了，他不会回来。

为了见你，我给你上了三炷香

每个人的生活里都有那么一个朋友，即使对方化成灰也能将他认出。

像佟有为，不过我喜欢叫他的小名佟大宝。我认识他的时候，他还在穿开裆裤，老喜欢光着屁股漫山遍野瞎跑。

我俩一起偷过别人家的果子，被主人家打得上蹿下跳，我们相互抄过家庭作业，被老师发现后各打二十大板，这是过命的交情，是最坚定的革命友谊。

不过当时因为一件事，他曾经是所有同学取笑的对象。

我也没少笑话他。

这还得从他妈妈怀他的时候说起。

佟大宝老妈因为人缘好，朋友多，当她怀孕的消息被亲朋好友知道的时候，她们都争先恐后地来跟佟大宝老妈定娃娃亲。

佟大宝老妈摸着肚子乐开了花，一个都没有拒绝。

结果就是，佟大宝这货在肚子里还没成形就有了十几个对象，而且这些对象里没有一个是女孩。

然而佟大宝也是个带把的男娃娃。

这样一来这事就可乐了，很容易在邻里间成为谈资笑料。

所以等佟大宝年纪稍长一些，读五年级的时候，同学们不知道从哪里得知了这个消息，就用这件事来取笑他。

知道真相的佟大宝，两眼一黑就成为了大家嘴里的笑话。

他想不明白，自己十一岁，年纪轻轻，怎么就迎面遭遇了这样的噩耗。

他不止一次质问他那可爱的老妈："你为什么要把我许配给十几个男人。"

佟大宝老妈看着他气急败坏的模样："哈哈哈哈哈哈哈。"

其实这只不过是大人之间的玩笑话罢了，但佟大宝当时年纪太小，居然把这事给当真了。

有一回我碰见他被取笑后哭鼻子，他一边抽泣一边问我："乔诗伟，我以后还能娶上媳妇吗？"

我见他伤心便安慰他："娶不上就娶不上吧，你不是还有十几个对象吗？"

没承想佟大宝听了我的安慰以后反而哭得更伤心了。

就因为这事，佟大宝自闭了一段时间。

不出去玩，不打魂斗罗游戏，也不和我一起去偷别人家的果子。

自己的好朋友情绪这般低落下去可不行。

为了扭转这一局面，我苦思冥想给佟大宝出了一个主意："要不你早恋吧，向大家证明证明你喜欢女生。"

没想到我这馊主意跟佟大宝一拍即合。

他决定去喜欢班上的茅小春。

茅小春是班上的语文课代表、优等生，他要拿什么才能得到她的芳心？

于是佟大宝询问我的意见："你说我周末的时候邀请她来跟我一起打'魂斗罗'怎么样？"

那时候我们正在读五年级，红白机游戏被我们这个年纪的孩子们疯狂追捧。

我们很长一段时间的快乐都寄托在游戏机上。

大把大把的时间也握在那个游戏手柄上。

我比较惨，在玩游戏前，硬是被家里逼着用游戏机学会了五笔。

我倒是觉得佟大宝的这个办法可行，便鼓励佟大宝大胆去做。

他立马在本子上撕了一纸条："周末有空吗？来我家打'魂斗罗'啊。"

茅小春收到字条以后，打开一看，立刻交给了正在上课的语文老师。

语文老师苦口婆心地教育佟大宝：“你们正是读书的年纪，不应该只知道玩。”

佟大宝为自己辩解：“老师，我是周末约的人家。”

语文老师见他顶嘴，有些不高兴：“周末怎么了，人家不学习？你整天就知道玩，以后能有什么出息？再说了，人家女孩子怎么可能打游戏，肯定会拒绝你的。”

佟大宝也是傻愣，居然问语文老师：“老师，那我该怎么办？”

语文老师这下来劲了，说：“你应该和她比学习，比谁读书厉害，她肯定不会拒绝。”

佟大宝犹豫地问：“老师，真的？”

语文老师高深莫测地看着他：“你去试试就知道了。”

浑然不知被语文老师算计的佟大宝兴冲冲地去找茅小春挑战：“敢不敢和我比一比谁读书更厉害？”

语文课代表茅小春不能容忍这个“学渣”对自己的百般挑衅，想也不想就答应了他。

两人头回比试的是背课文，难度不大，就是看谁的记忆力最强最好。

因为是才上了几节新课的关系，新学的课文没几天就背完了，而后面的内容又还没有学。

可这两人就是对上了，不服输也不承认平手。

既然这样，那就继续吧。

为了赢茅小春，佟大宝每节早晚自习都在读课文。

就连放假回家也要读几遍课文才睡，好加深自己的记忆力。

我作为这两人的公证人，亲眼目睹了他们怎么对付一篇篇一页页的课文。

而这时候才开学几个星期，这一学期的语文就被他俩啃完了。

佟大宝因此语文成绩直线上升，连座位都被安排和茅小春坐在一起。

这也算是一次小小的进步吧，毕竟与她离得近了一些。

佟大宝对给他建议的语文老师万分感激，他认为反正是比我靠谱多了。

再后来，两人比试的项目，从语文扩散到了全科目。

有时候佟大宝赢，有时候茅小春获胜。

他们俩早恋还没谈成，反而成了学校出名的“学霸”，成为了被老师们交相夸耀的存在。

没人知道是奸计得逞的语文老师深藏了功与名。

然而天下没有不散的宴席，小学毕业的时候，班上的同学们一起拍了毕业照。

多数人去了镇上的中学继续读书。

少部分人去了城市里更好的初中，茅小春就是其中的一个。

虽然两人还能通过邮件联系，但佟大宝觉得自己没有给茅小春写过情书是一个没法弥补的遗憾。

为了祭奠这个遗憾，他弄了三根香，插在毕业照前，口中念念有词："希望有缘，我们还能再见。"

而那个困扰他很久的笑话，他已经不在意了。

他觉得自己有了更好的追求和目标。

后来佟大宝顺理成章用优异的成绩读完了初中、高中，进了重点大学。

茅小春也亦然。

两个人还时常告知对方自己的消息。

"茅小春，我在大二的时候创业了，开了一家专门卖水彩颜料的店，每个月收入一万呢。"

"佟有为，不错嘛，我最近在忙着考研呢。"

"你加油。"

"你也加油。"

两人相互说着自己的经历，相互鼓励着对方。

在这段过程里，他学会了一个词，叫作天涯海角。

但生活里还有一个词，叫作来日方长。

既然两个人这么多年，并没有断了联系，就是缘分。

没准茅小春心里也有自己呢，不然她为什么从来没有找过男朋友。不是在等我还会是在等谁。

想明白了这一点，佟大宝买了去茅小春那儿最快的动车票。

有一些话需要当面才能告诉她。

也就是一些男生追女生要说的表白话。当然他也想去感谢她，因为她，他才成为了现在这样的自己，有了不一样的人生。

很多人都曾疑惑过，究竟什么样的感情才能算得上是一份好的感情。

其实好的感情很简单，就是它能让你因为对方成为一个更好的人。

时隔多年，佟大宝和茅小春终于见面了。

晚上八点半，是茅小春来站台接的他。

茅小春领着饿坏了的佟大宝找了最近的一家餐馆吃饭。

谈到当初一起比赛背课文的日子，两个人都有些忍不住笑了起来。

茅小春好奇地问他：“你当时就是一个‘学渣’，为什么就是要挑战我？”

佟大宝将当初和语文老师的对话一五一十地说了出来。

茅小春："这么说，你是对我不怀好意才来和我比试的吗？"

佟大宝不好意思地红着脸："当时哪里会想那么多，就想着你不会拒绝我，和我能近一点。"

茅小春没好气地问他："那你当初邀请我周末打'魂斗罗'，心里是怎么想的？我一女孩子怎么会玩那个，你喊我一起去跳皮筋还差不多，而且这事我后来还告诉我爸了，他说要来教训你，还好被我拦下了。"

佟大宝瞪大了眼睛："什么，我当时给未来岳父留下了这么差的第一印象。"

茅小春翻着白眼："什么你未来岳父，你胡说什么呢。"

佟大宝认真地看着她说："当初我们拍完毕业照不是就散伙了吗，我以为我这辈子都没有机会再碰见你，当时光顾着和你比赛，也没给你好好写过一封情书，心里就有那么一丢丢的遗憾。为了弥补这份遗憾，我给我们一起拍的毕业照上了三炷香，希望我们还能再见面。"

茅小春有些哭笑不得："然后呢？"

佟大宝："没想到今天果然就让我如愿了，说明老天都要我们在一起。"

茅小春嘴角一挑，笑成了一抹月牙："那敢不敢再和我比一比？"

佟大宝跃跃欲试："比就比。"

茅小春随即用手机找了一篇当年的小学课文：“谁背得最快最好谁就赢，你赢了我就做你女朋友。”

不过这事还得找个公证人，缺德的佟大宝想也不想就拨了我的电话。

我问他：“什么事？”

佟大宝兴奋地告诉我：“我和茅小春见面了，要背一篇课文才能让她做我女朋友，像以前一样，你给我们做个公证。”

我：“……”

等你变好，我就老了

你爱的人为什么会嫁给别人而没有嫁给你？

上次跟人聊到这个问题，还是在岳阳的龙腾客栈与之前的大学同学们聚餐。

其实我不太喜欢聚会，因为这种场合到最后总是会变得伤感。从学校毕业一年多了，除去寥寥几个死党好友以外，几乎大部分同学都没怎么联系过彼此，就好像已经慢慢失去了交集一样。要不是通讯录里还存着各自的手机号码，或许都还会以为这些人从未在自己的世界里来过，抑或者全被自己脑子重启格式化了。

如今大家见了面，有的忙着吃菜，有的忙着喝酒。

一些该聊的美好理想和残酷现实也都在酒桌上说过了。

一时之间，大家都默不做声，场面发生了短暂的沉默。

真是尴尬，没想到才一年多不见，再相聚就这么容易冷场了。

阿盛在一旁忍不住提醒大家："如果我们不找个话题聊下去的话，接下来的时间可能会有点无聊。"

赵土匪也是这个意思："都说话啊，大家这么多人在一块，不说话有什么意思。"

而柏青在一旁只是一个劲儿地喝着闷酒。

其他人就更别说了，都陷入了大眼瞪小眼的状况中。

可是聊一个什么话题才好呢？大家绞尽脑汁地想，生活里就那么点破事，说什么都挺无趣的。

"要不这样吧，我们说一说自己的另一半吧，看看现在怎么样了。"

"或者看看毕业以后，咱们大家还有多少人和自己当初的对象在一起。"

"有没有谁结婚了？现在过得怎么样？是不是和原来的那个对象？"

……

大家七嘴八舌地给着建议。

最后我们将这些建议统一成一个问题："你爱的人为什么会嫁给别人而没有嫁给你？"

"谁先来？"不知道谁这么喊了一句。

刚刚讨论得无比热闹的气氛突然尴尬冷却下来，谁也不想最先成为被人八卦的对象。

耶稣如来阿基米德啊，你们鼓舞一个勇敢点的人出来吧，让他来当我们的第一只螃蟹。

我们把目光投向赵土匪，他连忙摆手：“别看我别看我，虽然我是异地恋，但我今天就是来见自己女朋友的，她今天生日，我想给她来个突然袭击，给她一个惊喜。除此之外没有什么其他不好，而且我女朋友的父亲已经支持我站在我这边了，只剩下丈母娘还在负隅顽抗，嫌两家人路太远不太满意。但总之我们还在一起。”

我们又看阿盛，他没好气地跟大家说：“你们也别盯着我看，‘单身狗’不想和你们这些整天爱恨情仇的人说话。”

大家一时心软，就放过了这条单身狗。

我们随即将目光看向下一个人，柏青。

从聚会开始，他就一直在坐在那里喝闷酒，也不出声，拉着脸就跟一小苦瓜似的。

我就问柏青：“怎么了？大家聚一块还愁眉苦脸。”

柏青表情黯然：“刚刚那个话题我有发言权，还是我来说吧。”

他的大学同学兼前任女朋友阿兰·达瓦卓玛要结婚了，新郎是当地的一个藏族小伙子，是个警察，还是一只手就能把柏青给提起来的那种康巴汉子。

我代表大家问出了第一个问题：“你们怎么弄到这地步的？”

柏青继续喝酒：“我也不知道，毕业以后我在当地考了公务员，她回了西藏，慢慢地我们联系就变少了。”

我拍着他的肩膀安慰：“异地恋就是这样，这恋爱谈着谈着，人就突然不见了，跟被外星人抓走了似的。”

柏青皱着眉头：“我一直觉得阿兰是有了新欢，移情别恋了，她结婚这件事就证明我没有想错。”

我：“那你为什么不去找她当面问个清楚？”

柏青叹了口气：“我问过了，她说她没有安全感，而一个女人最需要的就是安全感，而我给不了。我实在想不通，我怎么就没有安全感了，我每天辛苦上班就是想等自己变得更好了再去娶她。”

我疑惑地重复：“等你变得更好了再去娶她？”

柏青加重了语气：“是啊，我让她等我一段时间，等我赚足够多钱了风风光光娶她回家。没想到她居然嫁给了别人，我想肯定是因为那小子家里条件比我好吧。”

可事实真的是这样子吗？

好端端的一段感情就这么被他折腾成这个样子，肯定不可能只是单方面的问题。

只是我想不到天下真的还有这么笨的人，居然会希望自己的对象在远方苦苦等着自己。

脑袋简直被驴踢了，难道他不知道她的心里已经为他穿好婚纱了吗？

最后大家建议柏青：“这种事，我们想你还是当面去找她要个答案才好。”

于是柏青壮着酒胆，给领导打电话请了事假，当即买好了两个钟头后就走的火车票。

我们一行人送他上了火车。

柏青跟阿兰的故事是从大一入学开始发生的。

当时学校有十栋宿舍楼，有七栋住的是女生。

这时隔壁一群荷尔蒙爆棚的同级大一男生们拿着望远镜来到我们宿舍，意图很明显，就是偷窥对面女生们更衣。

一个个猥琐得跟变态似的。

柏青也在边上凑那个热闹：“我看看，让我也看看。”

没一会儿，柏青的表情就丰富多彩了：“我的老天爷啊，对面那群女的还是水做的吗？我一望远镜看过去，发现有十几个望远镜看过来了。”

而且这还不算完，在这学校待了一个月以后，有室友反映说他洗澡的时候因为忘记关窗户，被对面的女生偷窥了整整三次。

柏青表情更精彩了，他被偷看了四次。

柏青望着对面窗户上飘扬的内衣内裤，若有所思地对我说：“老乔，我发现这学校阴气有些重啊。”

如果在男女比重如此严重失调的情况下还找不到女朋友，不是人丑就是人渣。

家世背景、颜值还不错的柏青很快就摆脱了单身，和他恋爱的对象就是跟他同班的藏族女生阿兰。

他们也很快成为了学校小树林的常客。

恋爱的时间一长，两人也算过得甜蜜。

但两人总归不是一个地方的人，每逢寒暑假阿兰就要回西藏陪家人。

不过每次放长假回来，阿兰都会给柏青带来礼物。

看得出，她真的很喜欢柏青。

礼物里有阿兰到寺庙求来的护身符，有阿兰亲手做的手链，但最多的是风干的牦牛肉干。

阿兰最喜欢吃这个，可柏青不太喜欢，他觉得太腥。

柏青却很少给阿兰送礼物，节日里也没有。他总是说等他赚大钱了，再给她买更好的东西。

日积月累下来，期待全无，阿兰心中的不开心在慢慢加重。

其实阿兰并不在乎礼物，只是她希望柏青能有更多的实际行动来关心自己。

这并不是一个很难的愿望，可就是不能实现。

比如在周末的时候，阿兰跟柏青出去约会。

当时两人出去时顶着大太阳，阳光很毒，阿兰带了一把太阳伞，没承想两人看完电影回来忘记拿了，那把伞不知道忘在了何处。

柏青信誓旦旦地跟阿兰说：“没事没事，不就一把太阳伞，等我以后给你买一把更好的。”

然而一直到这个学期结束，他还是没有买来一把伞。

像这样类似的事情发生了太多太多。

阿兰总要难过几天才能平复心情。

真正一直哽在阿兰心里的，是另一件事。这事像卡在喉咙的鱼刺，吐不出来咽不下去，总之就是让她难受。

那是大三寒假结束的时候，阿兰从西藏老家回来，她雀跃着，看得出非常高兴，说是有一个好消息要告诉柏青，她对他说：“我把我俩的事告诉了爸妈，他们没有怎么反对我们呢。还说有空的时候让我带你过去，让他们也瞧瞧。怎么样，是好事吧？”

柏青摇摇头：“还是不了，我这样哪能上门啊，还是等我变得更好了再去吧，这样才有底气不是？”

这番话就像一盆冷水浇熄了阿兰心里所有的喜悦。

阿兰心事更重了，平时上课也是无精打采。

当时我正在班上客串着解梦大师，为班上内分泌失调的同学们排忧解难。

阿兰坐我旁边：“我昨晚做了一个梦，你替我解解呗。”

我摸着下巴不存在的胡须：“你说来听听。”

阿兰的梦很奇怪，她告诉我说：“我梦见自己在爬一座山，身边有朋友陪伴，费了好大力气到了山顶以后，我发现这里生长了一大片果树，上面的果子有红有绿，但我不敢去摘。”

我想了想，告诉她：“你这梦跟感情有关系吧，你很努力地爬一座山，还有朋友陪着，说明你很害怕这段感情，你怕付出那么多，而这段感情到最后却没有一个好结果。”

阿兰继续问我：“那那些果树跟果子呢？”

我也继续解释：“果树代表你现在拥有的这段感情，而果子是代表这段感情最终的结果，果子的不同颜色，代表着不同的结局，可能是幸福也有可能是悲剧，而你不知道如何选择，你害怕自己得不到想要的结果，你害怕摘到的果子是酸的是苦的，所以你不敢摘。”

阿兰怔怔地看着我，也许我是说中了她的心事吧。

毕业季很快到来，大家马上都要离开这个生活了几年的地方了。

那些附近走遍的小村庄、山上的白色水塔、情侣幽会的小树林，以及食堂和食堂大妈统统都要离我们远去了。

阿兰在坐上回去的火车前，问了柏青一句话："你有什么打算？"

柏青说："我先考个公务员，将工作给稳定下来。"

阿兰追问了一句："然后呢？"

柏青丈二摸不清头脑："什么然后？"

阿兰说了句"没什么"就头也没回地离开了这座城市。

其实阿兰问柏青有什么打算，是想弄清楚一件事，但她害怕答案，最终还是没敢问出口。

后来柏青果然去考了公务员，每天忙着上班、应酬，和远在西藏的阿兰交流渐少了。

阿兰父母问阿兰："你还跟那小伙子在处吗？一天都不见你们打几个电话。"

阿兰心一紧，有点发慌，隔天就买了票。

她主动去找了，等了那么久，总得要一个结果吧。

同时阿兰心里还存有那么一点幻想，希望他能明白她的心意。

阿兰到后，柏青在市里为她租了个套间。

阿兰在这个城市待了整整一个星期，可是柏青却连提都没有提过将阿兰带回家去见父母。

从期待到失望。

临走的那天阿兰终于开口问柏青：“我们恋爱的时间都这么久了，你还不把我领回家见家长吗？”

柏青依然是那个口吻：“日子还长急什么，我不是早就跟你说过了吗，给我多一点时间，等我状况更好一点，绝对娶你过门。”

阿兰听到这样的回答以后，终于心如死灰。

她一刻都不想在这里多待，连夜坐上了回去的火车。

从此以后她再也没有联系过柏青。

后来，柏青有过去西藏找阿兰的念头，但相隔这么远，柏青觉得阿兰已经不会再回头，自己再去也没有什么意义，这个念头也就作罢。只是他总是想她离开的原因，她是不是有了新欢，她为什么就不能等自己变得更好。

和柏青分开半年以后，阿兰和当地的一个小伙子要结婚了，对方是个警察。

新郎的家庭条件其实很一般，但人壮实，心态稳重，特别能给人安全感，能够保护她不受伤害。

当得知阿兰要结婚的消息的时候，柏青疯狂地寻找一切联系阿兰的方式。

可是微博、微信、QQ、手机短信电话他都试过了，不是被屏蔽就是被拉黑，他连在她空间底下评论都做不到。

再后来柏青愁眉苦脸地参加和我们的聚会，在一边一杯又一杯喝着闷酒。

他显得消沉又落魄，悲伤得有些可怜，可是果由因生，缘浅情灭。

这能怪阿兰放弃他去找了一个新欢吗？

都是自食其果罢了。

而令我们没有想到的是，柏青坐上了去西藏的火车以后，他中途下车又回来了。

而那个曾经在心里为他穿上婚纱的姑娘已经嫁给了别人，她再也不会来这个城市看他了。

回到最初那个问题，你爱的人为什么会嫁给别人而没有嫁给你？

答案大概是因为等你变得更好时，她的心就会变老了吧。

又老又冷，已经感受不到温暖了。

如果可以的话，在这辈子能够在一起的时候，趁热在一起，生活没办法只让一个人去变得更好。因为那是两个人齐心协力才能办到的事情。

即使你没钱，即使你卑微，只要两个人愿意努力，日子总不会过得太差。

如果你有一位想和你长相厮守的姑娘，如果你真的爱她，不要等你变得更好再娶她，现在就和她结婚吧。

你还会再遇见一个人

大年三十晚上，我还在读大学的妹妹失恋了。

在所有的新年祝福里，她没有等到另一个人许给她的新年愿望。

那个和她恋爱了一年多的男人给她打着电话，说他的父母想要他早一点结婚。

他想和她表达什么，暗示得很明白——你不是那个能陪我走到最后的人。

妹妹听完后黑着一张脸，很早就把自己关在屋子里，就跟我没给她发红包似的。

我知道这事没多久，大概隔一两个钟头吧，我另外一个朋友林远也失恋了。

他说就差十八天，他们的恋爱就有整整三年了。

他说他和女朋友一起从学校走向社会，各自有了工作，从一开始的如胶似漆，到如今的淡漠。

时间匆匆，那么多的美好都留不住他的恋人。

他忍不住问我，时间是不是真的会改变一个人？

其实人的变化，并不关时间什么事。

只是对方在如何对待你的想法上有了改变。

那个曾经说一辈子爱你的男生不再认为你有资格和他白头偕老。

那个曾经坚信你能给她幸福快乐生活的女孩，也不再相信你给的任何承诺。

你们的感情到了这一步，无非就剩下两个结果。

你快要失去对方。

你已经失去了对方。

当晚，林远参加我们的篝火晚会，喝了不少白酒。

我能感觉到，他的青春、他的时光都在那段感情里慢慢衰老、变坏。

但是他又无能为力，就跟我那个被分手的妹妹一样。

后来林远红着一张脸在那儿说胡话，他妈的，当初见面时那只在心里乱撞的小鹿哪里去了？害我这么狼狈，我要杀死它！杀死它！

没等我们一群人劝他不要难过，他就开始在通讯录里找前任女友桃花的电话号码。

桃花没有接林远的电话。

林远却冲着电话大喊，你听得见吗？马上要十二点了。我们一起许个新年愿望吧。我先说，我希望我们以后一辈子在一起。

这时时间刚好到十二点，外头随即响起噼里啪啦的鞭炮声。

烟花在空中炸开，五颜六色。

林远还在那儿低着头对着黑色的屏幕说话，你的呢？你的新年愿望呢？我怎么听不见？桃花，肯定是外面声音太大了，你大点声！你大点声！

你为什么不大点声？你为什么不大点声？林远反复念着这两句话，声音越来越小。

在场有两个女孩子比较感性，见到他这副模样，当场就湿了眼眶。

看来失恋和打飞机一样，都特别费纸。

话说回来，悲哀的不是对方放弃苦苦挣扎的你，悲哀的是，在你还在憧憬美好、希冀两个人未来时，有一方已经在琢磨着如何同你分手。

他要离你而去的决心，比当初想要和你在一起时的勇气还大。

所以我想和妹妹以及林远说的是，人这一辈子，不仅仅要学会坚持与承受，还要领悟到放弃和松手的真谛。

我们的一辈子那么长，要走很长很长的路，会遇见许多许多的人。

不管你多么努力去挽回那段苟延残喘的感情，你到最后依然要面对那个已经不爱你的人。

我来讲讲林远和他前任女朋友桃花的故事吧。

读大学时，林远的学校离我的学校很近，就在我学校后街的对面，走几分钟就到。

林远虽然跟我住同一个地方，但比我小一届，算是我的学弟。

我读大二时，林远才大一，他当时好像是学的软件编程。

第一年待在学校，他面薄脸嫩，不好意思去跟女孩子要电话，自然单身。

直到第二年发生了这么一件事。

大概是个周末的下午，林远的室友胡然不知道从哪里抱来了一条小土狗，奶白色，长得很萌。

按宿舍的规定来说，是不能带宠物进来的，但林远和其他室友都心软，就答应把它留下来。

一开始，胡然对待这条小狗就跟亲儿子一样，每天喂它自己剩下的饭菜，给它用肥皂洗澡。

甚至还把它抱到床上。

一开始小狗的萌还能让胡然有些耐心，可是时间久了，小狗的吃喝拉撒睡都变得很麻烦。

有时它这里撒泡尿，那里拉坨屎。

到后面胡然自己都懒得清理了，还是林远受不了这个味，接过了清扫的重任。

其实这还算好的，更严重的在后面。

这条小狗严重打扰了他们的睡眠。

每当十一二点，林远和室友们想要带着疲倦睡去，眼睛皮刚拉下来，小狗就开始在过道里来回跑，一停下就叫，汪汪汪。

胡然翻了个身。

小狗，汪汪汪。

胡然拿枕头盖住自己的脑袋。

小狗，汪汪汪。

气急败坏的胡然终于受不了了，翻身下床对着狗就是一脚。他说非把这条狗扔了不可。

小狗可怜兮兮地躲在角落里。

林远看着小狗的狼狈模样说，还是把它送人吧。

想了半天，林远有了主意，就建议胡然，你就送给你认识的女生好了，这么可爱的小狗，肯定喜欢养。

胡然还真认识这种喜欢小狗的女生，叫桃花。

不知道是不是心情太差的缘故，胡然看都不想看这条狗，就让林远将这条小狗送过去。

林远照着胡然给的号码联系到了桃花，我们在哪里见面？

桃花说，就到 7 号宿舍楼下吧，我在那里等你。

林远又问，你长什么模样？我怎么认出你？

桃花简单形容了一下自己的穿着打扮和样貌，我穿着粉红毛衣，戴着方框眼镜。

见面后，林远打量着桃花，心想这姑娘还挺好看的。

他也没想到自己和她会还有来往，甚至她还成为了他的女朋友。

和桃花的再次联系是在两天后。

情况大概是这样子，将小狗带回宿舍的桃花虽然喜欢小动物，但是没有养狗的经验。

她在超市买来的牛奶，喂了小狗几次就出事了。

小狗先是乱跑乱叫，后来没力气以后就躺在地上喘气，直到身体慢慢僵硬。

它死了。

桃花慌了神，好好的小狗怎么会死了，她接下来该拿它怎么办。

这时她突然想到林远，慌慌张张地给他打电话。

林远知道情况以后就赶紧过来了，给桃花分析了一下情况，小狗可能是喝了过期的牛奶，熬不住就死了。

桃花委屈地流泪，一条鲜活的小生命就这么死了。

桃花问林远。那怎么处理这条小狗呢？

林远用一个鞋盒子将死去的小狗装了起来，回过头告诉桃花，我们去后山挖个坑，埋了它吧。

两个人中途还去了一趟超市，在那儿买了五根火腿肠。

两根和小狗放在一起埋到土里，三根插在小狗的坟墓旁边。

林远双手合十，对不起，对不起，是我们没有照顾好你。

黄色的路灯照在林远认真祷告的脸上。

桃花痴了，她好像对眼前这个善良又可爱的男生有些心动了。

男追女隔层墙，女追男隔层纱。

也是缘分使然，没多久，林远和桃花在一起了。两人出入校园，携手并肩，如影随形。

这也很正常，毕竟热恋期的情侣就跟两块要融化在一起的糖一样，无时无刻不想要腻在一起。

后来两人就顺理成章睡到了一张床上。

只是这两个年轻人，精力无比充沛，第一次去小旅馆，就把旅馆的床给弄坏了。

林远退完房，一出旅馆的大门牵起桃花的手撒腿就跑。

这简直是足以载入情侣史册的一次奇葩事件。

接下来的一年时间，两个人变着法地约会。

先是去了图书馆，后来去小树林，又待遍了学校周边的奶茶饮品店。

也不知道是不是他俩谁的恶趣味,哪里有单身狗他俩就去哪里。

旁若无人地拥抱接吻，这要是换成还单身的我看见，我铁定一手打火机，一手汽油桶，跟着单身狗军团们一起冲他们大喊：烧烧烧，弄死一对是一对，世界就会更美好。

时间到大二下学期末，我和两个朋友一起创业。

在后街开了一家咖啡书屋，因为自己也写故事的缘故，找很多作者要了不少签名书摆在店里的书架上。

逛遍了周边大小旅馆的林远和桃花，没处去玩，就来我的店里照顾生意。

他们俩一边约会一边和我搭话。

当林远和桃花说到我是一个写故事的业余爱好者时，桃花冲我说，那敢情好啊，你以后能不能把我们俩也写在故事里。

桃花觉得那肯定是一个幸福美满的爱情故事，当时我记得桃花说完话一脸陶醉地把头埋在林远的怀里。

我看着他俩甜蜜的模样，答应了这个要求。好，我以后一定把你们写到故事里。

再后来就到了大三。

暑假的时候，两个人一起去张家界旅游。

两个吃货一路走一路吃，手牵着手，都以为对方才是自己的风景。

他们都以为对方会贯穿自己的整个人生。

所以桃花跟林远说，以后要一辈子和他在一起，不离不弃。

林远也发誓说，毕业以后，我一定会找到好工作，然后风光娶你回家。

这时候，大家心里的那头乱撞的小鹿还活着。

我从来都相信热恋中的男女口中的誓言，在对方还爱你的时候，那些话都是真的，情真意切，没有一点骗人。

但是到最后对方不爱你了，说不想和你在一起了，你的感情依旧在，但你的条件和对方不合适了。

毕业后，桃花在老家的医院做护士，而林远在长沙的主要工作就是修理 ATM 机。

这活儿轻松，因为很难出现一次故障等他维修。

但同样，这意味着工资很低。

林远不会干这份工作一辈子。

他努力筹划着自己要做什么，和朋友们一起创业，但刚起步，还没见着太大的成效。

林远让桃花再等等他，桃花却已经觉得没有希望了，即使她还只有 21 岁，但她就是觉得和林远再没有一辈子的希望。

在他们恋爱还差十八天就满三年的时候，桃花选择了和林远分手。林远痛不欲生，像是有人要活生生在他体内挖出肋骨一样。

那一天正好是大年三十，林远喝着酒说着胡话。

他的生活失去了一个答案。

那个说要和他天长地久的人，缘尽于此。

我说不出什么安慰林远的话，只是我觉得一辈子那么长……也别太难过，一个不爱你的人，趁早离你而去未必不是一件好事。

事已至此，既然你已经留不住对方，就潇洒一点放手吧。

真正的爱不是趋利避害，而是能够耐得住寂寞的守候。

你以后肯定还会遇到一个人，一个更爱你的人。

只要在路上，每个人都有来不及

我以前写过一首小诗，里面有一句话：只要在路上，每个人都会有来不及。

因此，我很能理解在那条诡谲的时光长河里，为什么人们总会手忙脚乱，导致错过许多人，失去很多人。

也许是我们时间总是不够吧，就算来得及遇见对方，也来不及留下陪在他们身旁。

前些日子我妈骑着小电动车，载着我去镇上参加了一个同学聚会。

聚会地点是一座气派的小别墅，里头是清一色的中年妇女和中年老男人。

这些人全是我妈的老同学。

进屋以后，看到他们衰老的模样，我有些好奇他们的青春跟我的有什么不一样，就静静地在一旁听他们说了所有关于回忆的对话。

最后发现也并没有什么太多不同。

时间同样给他们留下了很多遗憾，也许还是更多。

也许我现在所拥有的青春，在几十年后也会变得如他们一般。

在这方面，时间很公平，会让每一个人都慢慢变老。

相互碰杯敬酒，他们的开场白是这样："自从那些年毕业以后，大家各奔东西，我们就好久没见过了吧？"

一位阿姨抿了一小口，才说："是啊，好久好久了，十几年还是几十年，你都老了，看那白头发长的。"

另一位叔叔打趣她："还说我们，你也好不到哪里去，皮肤差得很，满脸都是皱纹。"

他们这样相互询问着，透露自己这些年的过往，追忆着自己逝去许久的年华，怀念那已经过去了几十年的青春。

其中有一位在怀念读书生涯的时候，聊到当年那个最调皮的男同学，不知道他现在过得怎么样了。

也有人问起对方还记不记得那个时候，谁谁谁老不写作业被老师天天罚站。

他们敬了往事好几杯酒，聊到高兴处，也是意兴索然时：我们就这样老了，都有儿有女啦，这辈子不会再有什么改变，一眼就能看到头。

几十个人的记忆就这样在我的面前汇集，终于到了重头戏的时刻。

他们开始提起那些年发酵的情愫。

有人问起当初那个被所有男生们暗恋的女孩，不知道她现在过得怎么样了。

有人提起在那个年纪，对方最喜欢谁谁谁。

大人们相互确认着“那你还记得她／他吗？”之类的消息。

于是那个青涩年纪里藏着的小秘密，在这么多年以后，全都被暴露出来。

时不时有人惊呼，原来那封匿名的情书是你写的！

原来那时候你也喜欢过她啊，那我们当初是情敌啊！

来来来，一起喝一杯。

一个叫徐同舟的老男人搜寻着脑海，记忆深处浮现一个绑着马尾辫的女孩。

他和大家说：“那时候我也喜欢过一个女孩，可以说她是我这辈子最大的遗憾。”

听到他说出这样的话，一群老男人开始瞎起哄：“那还等什么，我们一起去看看那个被他暗恋的女孩吧。”

众人附和：“是啊是啊，车也有，直接开车找过去。”

这个提议得到了大家的同意。

老男人们开着小车就出发了，组成了长长的车队，场面十分壮观。

他们喊的口号是：我们要去找一找当年暗恋的姑娘，去问她要一个自己当年不敢要的拥抱。

一路上，徐同舟看上去有些拘谨，似乎是没料到这个场面。

不过后来他也就释怀了，去就去，自己也没什么好怕的。

车队在小镇里弯弯绕绕十几分钟，一番打听就找到了她家，只是，徐同舟下车以后就在外面发呆。

怎么办？是进去还是不进去呢？

他才犹豫这么一会儿，手心就抓了一把汗，大家又开始在旁边起哄："来都来了，你就进去打个招呼吧。"

这句话让徐同舟心下稍安，他往前走几步，到了大门。

这户人家的女主人看着这群人："你们是？"

大家统一口径："我们是以前中学的校友啊，就是来看看你。"

他们一边说，一边用眼神示意徐同舟。

徐同舟正准备开口，女主人的老公从里屋探出脑袋："是不是有朋友来了，请进来坐啊。"

徐同舟张着嘴巴，好似要说的话又咽了下去，半天也没吐出一个字来。

大概是三十五年前吧，镇上的中学招了一批新生。

徐同舟是其中的一个，全班一共三十个学生，他刚在老师安排好的位置坐下。

后面一个叫秋实的女生就猛踢他的凳子：“你不要靠在我的桌子上。”

徐同舟回头看了一下她，她此时像极了被惹怒的小猫，已经做好了攻击的姿势。

瘦巴巴的徐同舟，咧起嘴傻笑：“对不起对不起，别生气别生气，我不是故意的。”

这是因为刚开学的时候，大家都比较陌生的缘故。

见徐同舟这般道歉，秋实知道自己语气有些不妥：“没事没事，我这么说你也不对。”

那个时候每考试一次就会调动一次座位。

秋实因为成为了班上的语文课代表，后来成绩也一直不错，所以安排的位置也越来越好。

徐同舟就只能在后排远远看着她的后背。

不过这样也不错，他喜欢看她绑着的马尾辫。

或许这就是青春期的喜欢，只要符合心意就会一发不可收拾。到这个阶段，已经有很多同龄学生开始给自己心仪的对象写情书了。

就是那种写信用的老信纸，他们将蹩脚的情诗都誊写在上面，期望博得心仪女生的欢心。

老师们一直对这种事情头疼，为此开了很多次全校师生会：你们现在的任务是学习，你们的身份是学生，不能早恋。最后强调：违反纪律的人会在全校通报批评。

那个年代通报批评的手段对于学生很有威慑力，但即使是这种禁令，也很难阻止学生们青春期的躁动。

这只能让学生们的情愫变得更加隐蔽。

毕竟这种事如果被发现，被老师教育不说，自己少不得还会挨家里的揍，会被大家认为是一个坏孩子。

徐同舟也不敢表露分毫，不过好在那时候的爱恋也单纯，他觉得偷偷地喜欢也是一件美好的事情。而且他觉得让秋实也喜欢上自己这事，得慢慢来，不能太急，反正在一个镇上，不用急。

转折点在初三即将毕业的末期，所有人都在为考进一个好高中努力。

学校也变得比往常严格许多。

徐同舟的父亲告诉他，考试完就会带他搬到别的城市。

别的城市？徐同舟愣了愣才反应过来：“为什么要搬？”

他父亲解释：“到城市去才更有前途，小镇没什么发展空间。”

也就是说这次期末一结束，他就要离开这个生活了十几年的地方。

他有些舍不得，更舍不得那个绑着马尾辫的女孩。

于是他决定做一件自己认为很勇敢的事，在自习课的时候，他跟秋实前面的同学换了座位。

秋实猛踢他的凳子，一如当初。你怎么坐这来了，等会儿被老师看到会教训你的。

徐同舟心里有些紧张，可他并不害怕，他铺开信纸，他将所有喜欢她的话都写在上面。

情书刚递给她就被进来的老师发现了。

他本来也准备让值班的老师发现。

老师将信纸拿了上去，随便看了几眼说 ："有些学生啊，都快毕业了也不好好学习，还在因为别的事情分心。"

登时，全班人的目光都在两人身上。

第二天，这件事就被写在学校的通告栏上。

所有人都知道了他喜欢她，这就是他的目的。

他想要在离开之前，在所有人面前宣布他喜欢她，这是他认为自己唯一能做的一件事。

毕业考试很快就结束了，学生们收拾好行李，陆陆续续地从这所待了三年的学校离开。

这里，很快就空旷下来。

教室被关上了。

小卖部被关上了。

校门也被关上了，透着栏杆还能看见里面的通告栏，上面残存的粉笔字写着：08 班同学徐同舟早恋，向同班同学秋实写情书，全校通报批评一次。

而这些粉笔字也会在几个月以后被值日生擦掉，好像从未发生过。

后来在另一个城市，徐同舟还写信询问同学关于秋实的消息。

她最近过得怎么样？

她考到了什么学校？

她这个月会放假多久？

……

他得到了许多关于她的消息，但是有一个问题，他从未得到过答案。

那就是她有喜欢过自己吗？

徐同舟不敢奢望太多，他知道她已经很难再同自己有什么关系，要是那时候自己问她要个拥抱就好了，自己就不会像现在这么遗憾。

只是没想到再次相见会是几十年后的这个同学聚会，因为大家起哄才一起去找她。

再见面时，她已经有了爱她的丈夫，有了十几岁大的孩子。

徐同舟有些后悔自己来这儿，他有种破坏别人平静生活的负罪感。

他都一把年纪了，已经不能再像过去那么幼稚。

他没有给出大家想要的反应，也不敢有所反应。

寒暄几句以后，徐同舟就随着不尽兴的大家逃走了。

那个他没敢要的拥抱，早在几十年前就失去了，而且他再也不会有机会得到了。

这一切都怪时间吗？怪缘浅情深有缘无分吗？

可是这世间就是有这么多的阴差阳错，上天让你有时间去遇见某个人，但是当你有所表示，想要更进一步时，时间却来不及了。

你不仅来不及留下，你甚至来不及知道对方关于你的答案。

Part2　我们爱得刚刚好

如果可以的话，在这辈子能够在一起的时候，趁热在一起，生活没办法只让一个人去变得更好。

和喜欢的人吵架，不能说分手

这次要讲的故事，得从深更半夜说起。

事情的起因是这样，我的好哥们赵土匪跟女朋友妮子冷战七天以后，分手了。

赵土匪心里有苦，想要喝酒，顺便想抓一个人来听他倾诉。

我这个只能喝水喝可乐的人被他直接略过，躺枪的是另一个朋友阿盛。

赵土匪看见他，眼睛一亮，含情脉脉地摸起了他的小手，来来来，跟我去喝酒，我们一边喝一边说。

阿盛的脸被吓得惨白，稍微为自己挣扎了一下。

然后被赵土匪强行夹着上了燃油助力车，这种车速度很快，但噪音很大，是扰民的一大利器。

因此，当这两个人在夜宵摊子上喝得酩酊大醉后，就出事了，大事。

时间大概在半夜一两点，红着脸、一步三晃的赵土匪开始在学校里疯狂飙车，他先是载着阿盛绕着教室、宿舍不停跑。

后来他觉得不过瘾，他开始就着发动机无比刺耳的轰鸣声狂按喇叭。一边跑，嘴里一边发出人猿泰山般的号叫。

赵土匪发疯了。

时间不过片刻，整个学校也因为他一个人疯了。

闻讯赶来的校警们开着巡逻车在后面狂追："前面的兔崽子，你们给我停车！！！前面的兔崽子，你们给我停车！！！"

赵土匪往后一瞅，看见有人追他，更兴奋更带劲了，加起油门领着校警的巡逻车逛遍了整个校园。

一圈又一圈，缠缠又绵绵。

校警们快要炸了，发誓一定要抓住前面的这个王八蛋。

赵土匪很是得意，时不时地回头跟巡逻车上的校警们喊话："来呀来呀，来追我呀。"

校警们又喊："你们赶紧给我停下！！"

赵土匪在前面画着八字："来呀来呀，来追我呀。"

校警们："……"

最后在女生宿舍楼下，校警们才将赵土匪两人堵住。

那些在宿舍被惊醒的女生们气得将自己枕头下的零食、卫生巾都砸了下来。

一时之间，赵土匪和阿盛被漫天的话梅、面包片之类的异物给砸得七荤八素。没承想，赵土匪反倒生气了，给校长连续打了好几个电话，喊他起床来女生宿舍楼下捡垃圾。

凌晨一两点的时候叫校长起来捡垃圾。

在场的人隔着手机屏幕都能听到校长的震天霹雳 ："你给我滚犊子！！！"

校警们吓得脸都白了，一把上前将两人按倒在地。

赵土匪还有点不服气，腿在地上一弹一弹地跟个青蛙似的。

接着，两人被带去了教导处的办公室，一群领导和老师准备严厉批评他们。

还没来得及训话，赵土匪啪的一声带头倒在地上，瞬间就睡着了，呼噜声还打得挺响。

一办公室人大眼瞪小眼，有个女老师弱弱说了句话 ："怎么办？要不要先给他盖个被子？"

这事还没讨论出一个章程，又有一个学生被送了过来。整个人都被捆在被子里，像个大粽子。里头是个女生，居然是妮子。

原来两人分手以后，妮子就在后街的小超市买了一瓶二锅头，在宿舍一饮而尽。

然后，她也疯了，一屋子室友全凌乱了。

为了防止她打砸抢烧，就用被子卷着她捆了起来，因为动静太大被后头开巡逻车的校警一并送了过来。

校警都快要哭了。

几个钟头以后，天空发白，早晨的湿气让温度有些低。

两个人受寒冷刺激醒了过来，在地板上惊奇地看着对方。

是什么让他们又再一次遇见，是命中注定的缘分吗？

不，是校警。

赵土匪忽然想起跟妮子第一次见面的时候，可没有现在这么有趣。

两人大一的时候就认识了。妮子当时在赵土匪隔壁班学会计，因为专业的关系，两个班经常一起合班上课。

戴着黑色四方眼镜的妮子显得有些文静，五大三粗的赵土匪偏好这个类型。妮子心里也对他有好感。

在阿盛的一次怂恿下，赵土匪跟妮子表白了。

妮子没有说话，只是笑。

赵土匪急了，说："成还是不成你倒是说啊，你给我一个蒙娜丽莎的微笑算什么事呀。"

两个人最终还是在一起了，后来赵土匪和妮子在后街租了一个小套间，亲密程度又上了一个台阶。

还能经常看见赵土匪载着妮子上附近的菜市场买菜。

家庭主妇是赵土匪。

从学校运动场过去那里有一个村子，叫苍田村，环境很好。

赵土匪在傍晚的时候，会牵着妮子去村子里散步。

这也许就是人和人之间的差距了吧。

有的人来上大学，就是能一人进来，毕业后一家子出去。

照他们两人这样发展下去，估计是快了。

不过由于赵土匪是北方人，妮子是南方人的关系，很多观念都存在一些分歧。

而且大部分情侣都是这样，一有什么分歧就会吵架，一吵架，女方就会认为对方不爱自己了。

"韩剧有什么好看的，男主都是娘炮！"

"枪战片有什么好看的，老土！"

两人也常常为此争得面红耳赤，一个一米六的小个子，一个将近一米八的大个子对峙。

类似这种分歧，妮子每回生气的时候都会冲赵土匪喊："这事没完！"

赵土匪梗着脖子："没完就没完。"

闹完别扭，管赵土匪日常零花钱的财政大臣妮子揣着钱包就出门了，一条街，看见啥吃啥，累了就找个高档咖啡馆喝喝咖啡。

而赵土匪身上钱还不够五十，只能给自己买两小瓶二锅头，在宿舍的破桌子旁边一醉解千愁。

其实这些都只能算一些鸡毛蒜皮的小事。

最严重的一次争执是这次冷战分手的导火索。

妮子以前高中有个男同学，一直喜欢她，总是给妮子空间的说说点赞，对妮子嘘寒问暖。

赵土匪每次黑着脸问妮子："这小子谁啊！"

可能是赵土匪声音有些大，惹妮子不爽了："他是谁，你管得着吗？"

赵土匪气得咬牙切齿。

后来，没过多久，那个男同学说要来学校看她。

听说情敌要来，赵土匪脸色阴沉："让他来，我让他直着来躺着走。"

我们都以为赵土匪是要跟对方打上一架。

三天后的黄昏，对方到了这儿，赵土匪洋溢着笑脸走了过去，他亲热地摸着对方的小手："来来来，我家妮子的老同学是不是，今晚别走，我们不醉不归。”

光啤酒，赵土匪就从旁边的超市里端了二十箱。

从人家刚下车到这儿就一直在喝，喝到他双眼发直，说话都不利索。

可怜他连一句话都没来及跟妮子说就被喝趴下了。

最后，赵土匪在外面拦了一辆出租车。

这位情敌连连摆手，还想说几句话。

赵土匪扶住他："别说了别说了，车给你打好了，赶紧走你的吧。”

他大着舌头准备说自己没想走，再说了还没跟妮子打招呼告别呢。

赵土匪当作没看见，硬是将他塞进车子。

关上车门，赵土匪拍拍前面的窗户，示意司机带他走。

赵土匪看着远去的车子，深藏功与名。

妮子有些不忍心："他还没说要去哪儿呢？”

赵土匪没好气地说："他爱去哪儿去哪儿。”

这小孩子气的举动让妮子哭笑不得。

但赵土匪醋劲大得很，又继续告诉妮子："以后你那些追求者想要来看你，你都让他们来，我一个一个全喝死他们。”

“惦记我媳妇，还想留下来，三个字，想得美！！！”

妮子终于生气了，觉得赵土匪在感情上不信任她。

在感情里，信任一直是一个很奇妙的词语，能充当情侣之间任何摩擦吵架的理由和导火索。

妮子搬回了自己的宿舍。

赵土匪也好几天没去上课。

两个人冷战了，一连七天，谁也没搭理谁，谁也没联系过谁。

其实妮子早就消气了，一直在等赵土匪来哄一哄自己。

但赵土匪一根筋，妮子最后想吓唬一下他："既然你不愿意来找我，那我们就分手吧。"

其实她心里在说："笨蛋、傻瓜，快来找我啊，快来找我啊。"

赵土匪脑子短路了，猛地挂了电话。

他要找人喝酒找人倾诉。

从来没有喝过酒的妮子在后街超市买了一瓶二锅头。

喝醉了的两个人大闹了学校和宿舍，都被送到了这个办公室。

然而，在办公室，赵土匪和捆在被子里的妮子又和好了。

他向妮子承认自己打翻了醋坛子，也诚恳地向领导们承认了自己的错误，更发誓以后再也不给校长打骚扰电话。

最后学校看两人态度诚恳，决定宽容处理，让两个人写份检讨了事。

几天后学校在召开的师生大会上，顺便让两人当众念自己手里的检讨。

赵土匪和妮子对着那张写了检讨的纸：因为跟男朋友 / 女朋友分手的关系，心理过于难受，导致一时冲动，做出了一些不好的行为，打扰了同学们的休息，我们感到十分抱歉。我们保证以后再也不犯这样的错误，所以我们决定再也不会分手了。

全校师生，一片哗然。

这时，我突然想到一个问题，为什么大多数恋人在经历争吵以后还能在一起？

是他们答应彼此永远都不会再吵架了吗？

不是，他们以后一定还会吵架，只不过是他们明白，这只是他们以后漫长生活里的一个小片段而已。

他们知道吵架只代表双方意见有分歧，并不代表不爱对方。

他们肯定还知道每一个真心相爱的人，都不能轻易分开。

也不该分开。

我喜欢的人跟我有夫妻相

某某和某某又吵架了，还是在结婚纪念日！其中一个更是把早餐扣在了对象的脑门上，而另一个一手抹去头顶的荷包蛋与面条，怒气值已经达到巅峰。

都到这份儿上了还有什么好说的，打！双方锅碗瓢盆你来我往，好不热闹。只是，妈的，以前说好的幸福呢，都被狗吃了吗？

当我跟吃货姑娘提起这件事的时候，她一脸惶恐地看着我。我没好气地问她，你看我做什么？我们又没吵架。吃货姑娘振振有词地回答，我仔细想了想，我们还是分手吧。

这青天白日的，我也没对你做什么伤天害理的事情，我能问你句为什么吗？我很疑惑地看着她。

姑娘向我解释，我总感觉你以后会对我家暴，为了避免悲剧的发生，我只能忍痛……

停停停！我打断她说话。

那烤猪蹄你还吃不吃了？吃！那喜焰牛排和自助餐厅你还去不去了？去！那这个周末的烤乳猪你还吃不吃了？吃！那你还分手吗？吃货姑娘咽了一下口水，试探地说了一句，看在烤乳猪的面子上，我绝对不会放弃咱俩的感情！

我……

算算时间，我和这个吃货姑娘已经恋爱两年多了。

虽然在生活当中也会有摩擦，有磕磕绊绊，但我们最终还是决定一起继续走下去。毕竟眼前人才是自己最值得珍惜的人，唯愿不辜负彼此，与之共度一生。

吃货姑娘是一所中学的英语老师，因为还当了班主任的缘故，几乎每天处在奓毛状态。她在学生们面前一般是表情严肃，板着脸，毒舌，所以没多久就在学生口中获得了“老妖婆”的称号。

只有遇见我时，她才会露出小女人的一面，雀跃着奔向我的怀抱。

某个星期五的下午，吃货姑娘放假回家。在回去的途中，她给我打电话说，今天我在班上发了一通脾气。我就问她怎么回事。吃货姑娘没好气地说，还不是那些学生不听话，我要是不凶点他们就无法无天了。

我顺着她的话夸奖她，是是是，就你厉害，只有你能降得住他们。吃货姑娘一副理所当然的表情，那当然，我多厉害啊，牙齿咬得钢筋断，脚板踩得地板穿，本宝宝生起气来，地球都要颤三颤。

说到这里她提高了语气，看你以后敢不敢欺负我，你要是敢欺负我啊，哼哼。我忍不住在心中腹诽，当初到底是谁怕我会家暴来着！

吃货姑娘虽然表现得强势，一副自己很强悍的样子，其实她就是一只纸老虎。比如上个周末带她出去旅游，途中她口渴了，拿起一瓶矿泉水就想喝，却突然惊呼，咦，我怎么打不开这该死的瓶盖了？

没一会儿吃货姑娘恍然大悟，原来这世界上真的有“有了男朋友就开不了瓶盖”的魔咒,这是与“减肥先瘦胸”“一胖胖全身”并列的三大魔咒之一。

有一阵子，吃货姑娘老觉得我不爱她。

我先说说一般有人质疑自己对象不爱自己的时候是什么样子。

大概是以下这几个情况：

我查到你微信里和别的妹子的聊天记录，暧昧异常，你是不是不爱我了？

我看到你通话记录里有陌生号码，打过去是个女生，你是不是不爱我了？

我发现你最近都不频繁给我点赞了，还喜欢和别的异性谈笑风生，你是不是不爱我了？

我觉得你不再关心我，连亲我都嫌我口水多了，你是不是不爱我了？

但我家吃货姑娘却不是这样。

大概是在夏天的一个傍晚，我送吃货姑娘回家。她进去没多久就给我打电话，声音还带着哭腔，你是不是不爱我了？我讶异地回答，没有啊，我还很爱你啊。她哭得更厉害了，你个大骗子，你要爱我，为什么不带我去吃花甲粉丝，偏偏把我送回家。

我在电话那头……

基于这件事，我发现征服一个吃货不仅要征服她的心，还要征服她的胃。遇见吃货姑娘这样的女孩子，让我觉得将来有一天，求婚不能按照平常套路来。

是的，我不会手捧鲜花来到她的面前。到那一天，我会右手抓着十个羊肉串，小心地藏在身后。等她过来，或者我过去时，我深情款款对她说，亲爱的，嫁给我吧。一边说话，一边从身后缓缓拿出羊肉串，在她眼前呈扇状排开，孜然、胡椒清晰可见。那散入空中的肉香衬托着她嘴角流下的口水，绝对会让她神魂颠倒，意乱情迷。那么求婚这事铁定就成了。

不过说到吃，吃货姑娘有一个坏毛病，就是爱挑食。

有一回我带她在小吃街闲逛，买了一堆零食，她每样吃几口就放下了，做到了浅尝即止，优雅矜持。我就问吃货姑娘，你怎么就吃这么一点点啊？她对着我羞涩一笑，人家胃口小，吃不下那么多。我盯着她好一会儿，毫不留情地拆穿她，呵呵，你以为我没见过你吃自助餐的样子！

恼羞成怒的她，对我张牙舞爪。

有空的时候我也经常陪着她逛街。

但她不像别的女生，只想着花别人的钱，有时候还生怕我给她买多了东西，她会觉得很心疼。

所以后来在一家小摊子吃烧烤的时候，她抢着跟我付账。

老板一伸手把我们递的两张票子都抓在手里，老板素质过硬，只是犹豫地看了我两眼，就将吃货的钱使劲往她身上一扔，大声对她说，我不要你的钱，你的是假的。这突如其来的一幕让她愣在那里。

我在一旁乐不可支，哈哈哈哈，这老板实在太逗了。

去年秋天我辞去自己的工作，留在家乡创业。待在家的日子里，吃货姑娘每个周末都会跑来看我。我们每次相聚的时间不长，我下午三点半左右就要送她去车站搭车。

有次陪她等车的时候，我眼神突然一变，阿芳，你会想我吗？吃货姑娘紧紧抓住我的手臂，满眼深情，我一定会想你的，只是你非去不可吗？

我继续演，我非去不可，那个偏僻小山村需要我，你知道吗？那里的学校都是用泥巴做起来的，桌子用大石头代替，到处都是棱角，那些孩子们写作业都硌手啊！

这时候汽车快来了，我准备再给她来一个浪漫的离别感言。

吃货姑娘却一把抱住我，你个逗比你个傻瓜。我知道她是舍不得离开我，而旁边看着我们演戏的摩的司机则目瞪口呆：这两人是不是神经病？

后来我骑着小电动车跟在她坐的汽车后面。车一停，她就探出脑袋看我，我就冲她使劲招手，直到汽车远去，开出小镇，开出那条两边都是树木的公路。

下次再见。我在心里对她说。

在一起的第一年，我们的新年愿望是吃遍岳阳。

在一起的第二年，我们的新年愿望变成吃遍世界。

只是没想到，一个城市居然只有这么一点好吃的，我们就只能将目光投向更远的地方。在这个城市里，当我们感觉自己无处可吃的时候，就觉得特别苦恼。毕竟我们俩，一个穷作者，一个寒酸老师，都不是什么有钱人，没法分分钟吃遍全世界，所以我们最大的问题就变成了上哪里约会！

后来想到每天走在吃的路上，也该歇歇了，双脚任劳任怨不是，于是一起去了一家足底按摩店。

没想到工作人员按了一会儿说：姑娘啊，你好像有灰指甲的征兆啊，你看指甲上都凹凸不平了。

出去后，吃货姑娘就一直哭丧着脸，我得了灰指甲怎么办，灰指甲那么丑，你肯定就不喜欢我了。

我就安慰她，广告里不是说得了灰指甲，一个传染俩嘛，到时候你传染给我，我们同病相怜。

深夜的时候，我正在电脑上写故事，吃货姑娘神秘兮兮地联系我，你相不相信这世界上有人有超能力？

我问，什么意思？

吃货姑娘赶紧向我解释。我之前做了一个关于超能力的测试，只要评分在 90 分以上，就说明有超能力。我反问。那你怎么知道有呢？有没有什么征兆？比如隔空移物之类的。

吃货姑娘说，晚上看星空就知道有没有了，你也一起测试测试吧。我好奇地说，怎么看星空就知道了呢？

吃货姑娘告诉了我具体测试的办法。

半天后我问她，你的超能力呢？吃货姑娘吞吞吐吐，这个这个……我又开口说，我也没有超能力，不过我觉得我有心电感应。吃货姑娘来劲了，问，什么个情况？我说，我感应到你想我了。

吃货姑娘一愣后，惊喜万分，这能力我也有，我也感应到你想我了。

五一假期里的某天下午我们坐在公园的长椅上。

吃货姑娘突然用手摸起了我的喉结，露出一副不开心的表情，为什么你有喉结我没有，这不公平。

我说，这有什么不公平的，你是女生，我是男生，这是生理结构。

她却振振有词，凭啥你有我没有，我也要当男人。于是我目光惊恐地看着她，你和我谈了几年的恋爱，目的就只是为了和我搞基？

这念头实在太危险了，为了挽救她的荷尔蒙，我要跟她么么哒。

之后回忆恋爱时光的时候，吃货姑娘一脸期待地跟我说，恋爱这么久，你都没给我写过情诗，不行，你得给我写一首。我说，我不是给你写了那么多故事嘛？吃货姑娘坚持，不行，就要情诗。

那我就献丑了：

如果大海失去海的颜色
如果天空没有鸟的飞过
如果我不喜欢你，而你也不喜欢我
哈哈哈哈，没有如果

瞧着吃货姑娘越来越不好的脸色，我赶紧和她说，你别急，我这里还有一首：

缘分是一件小事
它的价值是指引我遇见你

只是过程耗时良久
你是不是
藏在我没有逛过的街道

你是不是
躲在我没有去过的超市餐厅

我原以为
我遇见你
跟买包纸巾一样容易

可你是颗种子
花期未至

我不知道
哪块土壤
是你的栖息地

你没有生长在荆棘丛林
你也没有生长在玫瑰花里

也许
也许你有和我擦肩而过
而我不知

难以置信
我竟忽略如此重要的事

所以
当知晓你发芽时
才会天色已晚

不过没关系
你诞生的是我最喜欢的模样
即使遇到再深的黑暗
我也能够看见你

后来约会完回家，我跟吃货姑娘打电话说：以后你的肚子里将诞生一个小生命，他会喊你妈妈，他会叫我爸爸。然后啊，他会变得越来越调皮，到时候怎么办呢？我们就一起用拖鞋衣架对付他。

吃货姑娘便笑着问我，你怎么就那么确定我以后会嫁给你呢？

我认真地跟她说，因为我喜欢的人跟我有夫妻相啊！

我们的恩爱应该都拿出来晒晒

去年冬天的雪刚落完，我认识的朋友们几乎都告别了单身。

欧阳甚至还有了自己的第二个儿子。

据说欧阳还给儿子做了特别训练，让儿子加强了找我们要红包的本事，只等过年过节来拜访我们这些老朋友。

什么恭喜发财红包拿来，什么 168 一路发，这些套话，小娃娃张口就来。

我想着自己小时候要是能有这种过硬的本事，发家致富不是梦啊。

还有就是每次欧阳在空间朋友圈炫耀自己的娃时，佟有为和杨展鹏心里就特别腻歪，他们俩实在是太羡慕了。

虽然佟有为和杨展鹏这两人有了对象，但由于各种原因，暂时不会要孩子。

所以他们发誓自己以后要生下两个足球队，帮助欧阳散尽家财。

两人的狠话没撂下几天，欧阳就成立了一个群——怕老婆小组。

他把非单身、有对象的熟人都加了进去。

和我比较熟的就是杨展鹏、佟有为这些人。

这个群的主要工作不多，顾名思义就是用来偷偷说自己老婆的坏话。

我也收到了欧阳的邀请信息。

真是到哪儿说理去，我是那种怕媳妇的人吗？

必须绝对肯定完全不可能是啊！

他大爷的，我不能坏了自己的名誉，心中顿时有了计较，果断拒绝加入此群。

没想到欧阳这人锲而不舍，邀请信息随即又发来了。

我继续拒绝。

还来！

我再拒绝。

结果他的邀请信息没完没了。

我大怒，私聊欧阳："你个王八犊子还有完没完，我一大老爷们啥时候怕过老婆，就不进你那群。"

欧阳发了几张贼笑的表情："今天我在车站看见你媳妇在训你话了。"

我面色一变："什么都别说了，我这就同意进群。"

不是我军无能，而是敌军太狡猾，居然有证据在手。

我才刚刚加进去，就看到杨展鹏和佟有为在里头跟欧阳打商量："能不能把群名给换了？被人看见多丢脸啊。"

欧阳振振有词："这群里全都是我们铮铮铁骨男同胞，没有一个女流之辈，你们不要担心，只要你们自己不说，别人是不会知道的。"

佟有为无奈地问："那这群用来干啥？"

欧阳打了鸡血似的说："还能干啥，用来说老婆的坏话啊，平日里被欺负忍气吞声，我们不能这样下去，我们得重振夫纲。"

我都已经无力吐槽了，什么夫纲需要通过偷偷说自己对象坏话来振的。

杨展鹏却跃跃欲试，我点开他发的语音消息："我先来说第一句，我老婆是全天下……全天下最毒……独一无二的好女人。"

这句话说完，杨展鹏就不见了。

佟有为翻了个白眼："杨展鹏你真是太没有出息了，这里都是男人，还怕啥，看我的。前些天我在冰箱里藏的私房钱被老婆发现了，结果她全部没收了不说，连零花钱都不给我发了，现在我钱包比脸还干净，真是太可恶了。"

欧阳发了个语音："哈哈哈哈，你藏冰箱里怎么被发现的？"

佟有为嘘唏不已："谁知道呢，她一找一个准，家里的角角落落都逃不过她的法眼。"

这时佟有为打出了一连串逗号："吓死我了，刚刚我老婆就在我身后，还好我反应快，不然今晚在劫难逃了。"

这群人聊得欢，也就是都熟人，才会在群里肆无忌惮地说这些糗事。

我也乐得开心，就一直在这群里待了下去。

有时候欧阳刚发完一句："我们家那只母老虎……"

还没几秒就打出下一句："咦，好漂亮一只母老虎。"

我们就会知道，他肯定是发现了敌情——老婆在身后出没。

别看欧阳这家伙老在群里说自家老婆的坏话，他们俩其实很恩爱。

很多怕老婆的糗事，其实都透着满满的爱。

有次天气冷的时候，欧阳在群里骂骂咧咧："我家那婆娘太蠢了，明明这么冷的天，还不肯多穿件厚衣裳出门，还好我送去得早，不然就冻死了。所以说啊，这蠢女人就不能离开我半步，不然我铁定操心死。"

杨展鹏赞同地说道："的确如此，我媳妇离了我也不行，笨手笨脚的，没我，谁照顾她啊。"

佟有为接了一句："说得好像你们就能离了自己媳妇一样。"

聊到这里，话题就止不住了。

大家开始聊自己跟媳妇相遇相识的经过，过程有辛酸有甜蜜，各自的幸福生活是怎样一番光景。

怕老婆小组自此更名为秀恩爱小组。

欧阳大喊："我是群主我先来。"

他的故事得从四年前说起，因为欧阳和他的女朋友芸芸是在那一年相遇的。

欧阳当时是一家报社的记者，在采访一家公司组织的慈善晚会活动时，认识了芸芸。

她是那个活动的主持人。

当时两个人只成为了普通朋友。

欧阳当时有一个对象，是他的同事，不过他们的感情正处于濒临破灭的边缘。

不是欧阳负心汉，也不是他女朋友移情别恋，只是在相处过程当中，两个人遇到了特别多问题，然而两个人的感情并没有想象得那么深厚。

欧阳不会为她放弃手头的工作，她也不会体谅他的心情。

一开始，两个人还会吵架，到后面这份感情就越来越没有活气了。

糟糕到什么地步呢？

你想想你和你的恋人说话，无论你是高兴还是愤怒，无论你是悲伤还是难过，对方都视而不见，就好像你跟空气一样，你心里会是什么样的感觉？

欧阳当时的女朋友称这种行为已经成为了本能，每次只要欧阳说话，她的耳朵和眼睛就会自动屏蔽掉他。

有很多次，欧阳跟她讲了半天，连带比画，结果人家半响后看着他说：“你啥时候过来的，你刚刚说什么了？”

欧阳不是泥人，也有三分火气，脸憋得通红。

这份感情已经变成一栋破屋子，住不了人，自然就淡了下来。

虽然两人形同陌路，但是因为双方家里还是有些看好，就不痛不痒地维持这段不靠谱的感情。

要我说，已经变成这样就没必要再维持，应该都放对方一条生路，再去寻找合适自己的人。

这份失败感情带给欧阳的经验教训就是：“一定要找一个愿意跟自己说话的女孩子，她会将自己放在眼里，不会当自己不存在。”

欧阳还发了誓：“只要有这样的姑娘出现，我一定把她捧在手心里，让她管着我。”

其实这姑娘已经出现在了欧阳的生活里，就是那个芸芸。

不知道是不是芸芸做过主持人的缘故，性格活泼开朗，话特别多。

头次见面的那个慈善晚会。

芸芸在后台和工作人员聊天，那叫海聊，从生辰八字到生肖星座，从个人爱好到动漫电影。

大部分工作人员都受不了这个女唐僧，落荒而逃。

芸芸咂巴着嘴，意犹未尽。

欧阳抱着摄像机来到后台。

芸芸眼睛一亮："你是记者？哪里人？本地的吗？工作多久了？有没有女朋友男朋友？平时喜欢干啥？写稿子累不累？有没有什么好看的电影推荐给我看看……"

欧阳看着芸芸的大胸美腿，慌了神，哪里听得清她在说什么。

都说色字头上一把刀，可以说欧阳都快被千刀万剐了。

好在欧阳没有忘记跟芸芸互换联系方式。

这把芸芸乐坏了，因为头个不嫌自己话多的人从这世间诞生了。

像平时她喜欢说话，但一说说太久，人家就没兴趣了，时间久了，她的长篇大论都只能憋在心里。

今天居然有人主动上门了，绝对不能放过。

没几天，欧阳就沦陷了，满脑子都是芸芸念经的美丽模样，他竟然一点也不觉得烦。

这事被我知道后，我和欧阳说："你这只大马猴找着一女唐僧，也挺合适啊。"

我还给他分析，最合适的感情是什么，门当户对其实还在其次，最重要的就是两个人情投意合。这样一来，即使这个人再啰唆，另一个人也喜欢听。

相互钟意，不嫌对方烦，可以说是爱情的基础。

到这一步的时候，欧阳跟同事分手了，相看两厌不如好聚好散，相忘于江湖。

事后欧阳跟我形容过当时的心情，就好像读幼儿园的时候，所有同学都有小红花，唯独漏掉了他。

心里不是滋味，可老师接着又拿出了几个橘子当奖品。

芸芸就是那个橘子，让他喜出望外。

芸芸还是个 UFO 迷，常常逛那些神秘 UFO 网站。

欧阳也发展了这个爱好，在芸芸 22 岁生日那天还送了一架望远镜。

UFO 是没有机会看到了，不过还有满天的星星。

于是，欧阳一有机会就和芸芸泡在一块研究夜空里的星星。

研究来研究去，欧阳就把芸芸给“泡”到手了。

欧阳得意扬扬地牵着芸芸走街串巷，口中还唱着：“星星眨着眼，月亮画问号……”

没要多久，欧阳就带着芸芸回家见父母。

这是没法避免的一环，虽然欧阳不会被父母的建议给左右，但他依然想得到家里的祝福。

这样，这段感情才能被称作完美。

芸芸十分紧张，生怕欧阳爸妈对她有什么不好的印象，将自己收拾得漂漂亮亮，说话做事都规规矩矩。

才进门，欧阳妈就问：“这姑娘怎么没见过，以前那个呢？”

欧阳解释：“不合适，所以分手了？”

欧阳妈妈追问：“怎么不合适了，我瞅着人家姑娘挺好的啊！”

芸芸脸一白，心说，坏了，他妈妈好像不怎么喜欢我啊，怎么办？

芸芸求助似的望向欧阳，欧阳也不跟妈妈多作解释，直接牵起了芸芸的手：“我和她才是天生的一对，人家姑娘再好，跟我不合适也白搭。”

欧阳妈妈没好气说道：“就你能，翅膀硬了，我又没反对你们俩交朋友。”

在饭桌上，欧阳妈妈跟芸芸聊起了家常，也了解了一些芸芸家的情况。

欧阳妈妈说到自己儿子小时候调皮不省心。

芸芸说道：“以后这小子有我看着，您就放心吧，绝对让他服服帖帖。”

欧阳妈妈点点头：“没错，就是得好好管着他。”

欧阳在一旁嘀咕，女人真是复杂，这么快就统一战线了。

事后芸芸反驳欧阳："明明是想法一拍即合，以后你就归我管了。"

于是恋爱第二年，两人就在民政局领了结婚证。

摆宴席的时候，我也在场。

我觉得他们很幸运。

因为这世界上，真正能在一起的情侣不多，能够彼此相爱直至结婚的就更少了。

这辈子我们会遇见许多异性，成为过客的几率实在太大。

所以很多时候，结婚并不是因为爱情，而是因为没有更合适的人。

因此将就了生活，委屈了爱情。

故事的后来，欧阳和芸芸生了第二个孩子。

无耻的欧阳教会了儿子如何花样收红包。

接着欧阳创建了一个怕老婆小组，名义上是说用来讲老婆的坏话，其实就是为了秀恩爱。

大家对此都心知肚明，因为心里都是怀着同样的目的。

故事说完后过了一个钟头，欧阳又在群里叹气："屋漏偏逢连夜雨啊，我私房钱也被查获了，芸芸就罚我在家看孩子，一不留神，我那熊儿子就把裤子尿湿了。"

我们好奇地问："尿裤子换了不就好了，又不是什么大事。"

欧阳继续说："可是他还把自己拉的粑粑用手糊了整面墙壁，结果芸芸一回来就气炸了，抄起晾衣架就追我和儿子。好男不跟女斗，要不是她是孩他妈，我肯定不让着她。"

杨展鹏笑坏了，毫不留情揭穿他："你就别胡吹大气了，都抱头鼠窜了还给自己脸上贴金。你这辈子注定被她降服了。"

欧阳被这样说却很开心："那怎么了，我就乐意被她降服，被她管一辈子，你管得着吗？"

佟有为帮腔："他才懒得管你，他自己还要老婆管着呢！"

其实大家并不是真的怕老婆，偶尔说说媳妇的糗事、坏话，只是在变相地跟别人炫耀夫妻生活。

因为我们知道来日方长，为了在一起，将彼此绑在一起牢牢不分开，都需要付出许多精力。

要知道每个相爱的人能够在一起特别不容易。

更何况我们还期盼着和自己的爱人天长地久。

如果不时常秀下恩爱，晒晒夫妻生活的点点滴滴，那日子多没意思。

有我在，你不会不完整

2000 年，莉莉刚满十岁，她家住在小镇的尽头，屋后有一条蜿蜒的河流。朝前看去，密密麻麻的红白房子都生长在这条河流的边缘上，像一堵特别长的墙壁。

而小镇对面是她叫不出名字的树林，那些绿色也在努力生长。

她的父亲开着一家维修铺，平时靠给镇上的人修理电视机、收音机、手表等物件来维持生活。

总之最重要的温饱问题是能够解决了的，不至于让他们吃完这顿没有下顿。

那时候莉莉父亲常常跟莉莉说，会好起来的会好起来的，一切都会好起来的。

在这样的小日子里，两个人很像小草，都想固执地认真地活出一点颜色。

所以才说，坚强这种品质一般都是吃苦才能吃出来的。

但生活的窘迫还远不止这些，莉莉的妈妈在她六岁那年改嫁给了别人。

莉莉起初还不知道有家庭悲剧和离异家庭这些词，她只是觉得难过，眼睛一红就会变成泪眼。

她一开始还会询问父亲，妈妈为什么不再跟他们一起住。

这个问题让莉莉父亲失神了很久，最后他指着桌子上一台还没有修好的收音机跟她说，你妈妈就跟这台坏掉的收音机一样，被送到别人那里去修理啦。

莉莉还是有些不明白。

爸爸，你修好了那么多坏掉的东西，还修不好妈妈吗？

对于这个问题，她的父亲背着手，嘴唇嚅动回答，修不好，修不好，我修不好啊。

莉莉不理解这样的答案，她静静地看着父亲进了里屋，穿着灰绿布衣的他就像一块准备枯萎的矮生百慕大，正在慢慢失去颜色。

这一刻，莉莉恍惚感觉自己人生里会缺少一个很重要的人，一个不会再陪着她一起成长的人。

大概是小孩子都特别在意自己与别人有所不同吧，尤其是在那些令他们感觉不完整的事情上。

这也是后来莉莉心理产生变化，慢慢变得孤僻的原因。

所以她记住了那次与父亲的对话，她天真地以为自己如果能够学好修理就能将这件事情解决。

因此，在别的同龄女孩还在跟家里要娃娃跳橡皮筋时，她翻着父亲所有的修理工具。

每当父亲修理坏了的电视、收音机和手表时，她都会在一旁盯着看。

有一回莉莉在专心地看着父亲修手表，父亲抬起手揉她的脑袋，没有什么好看的，出去玩会儿吧。

莉莉摇摇头，表示不愿意出去，我要看你怎么修好它。

他也没有继续要她走，只是说，里面的小零件松了，你看，几下就修好了。

真神奇，莉莉看不见摸不着的时间，就在这只修好的手表里不断旋转流逝。

几周以后，华阳一家作为新邻居搬到了莉莉家隔壁，开了一家商品还算齐全的小卖部。华阳无聊地在门外瞅了半天，一下就发现了莉莉这个扎羊角辫的女孩。

想着终于能有个玩伴了，华阳很兴奋地过去跟她打招呼，我叫华阳，你呢？

这时，莉莉在工具箱里找着螺丝刀，金属碰撞发出当当的声音，头也没回。

华阳以为她没有听见，提高了自己说话的音量：我叫华阳，你呢！！！莉莉这才抬头望了他两眼，却也仅仅如此，接着她又低着脑袋拆上了零件。

小孩子是特别固执的，尤其是华阳这种小男生。他心里想着，我还就不信了。

于是，华阳一溜小跑回到家里，抓了一把糖放在莉莉的小椅子上。她没有搭理。

华阳不死心又回到家里捧了一手心饼干。她无动于衷。

华阳的自尊心就这么被莉莉的一把螺丝刀打败了。

正当他准备抱着家里的一袋水果往外走的时候，他父母回来了。问华阳在做什么，他支支吾吾地不敢回答。

一开始，他父母还以为他想拿这些东西出去玩，认为他浪费，就给了他一顿胖揍。后来才知道他是想跟隔壁的羊角辫女孩交朋友。

好家伙，才这么点大就知道讨好女生了。知道真相的华阳父母哭笑不得，只是又教训了他几句。

委屈的华阳站在门口哇哇大哭，两只手不停地按着眼睛揉。

莉莉不知道什么时候过来的，她歪着脑袋看着哭了半天的华阳，才张嘴说话，那你送我一个小灯泡吧。

他原地抽泣了几声，又屁颠屁颠回屋拿来了个小灯泡。

不过这一次他比较小心，探头探脑的，生怕被家里发现。

华阳鬼鬼祟祟的举动让莉莉忍不住发笑。这爱哭鬼还挺好玩的。

两个小人儿分别以后，直到第二天一早，莉莉才来找华阳。

她摊开手掌心，是一个黑色的小盒子。你答应我，到晚上熄灯才准打开。

华阳答应了。

好不容易等到晚上睡觉关灯，他迫不及待从枕头底下拿出黑色的小盒子。他轻轻掀开，第一层是一个用铅笔刀刻出花纹的硬纸板，光从下面透出来，将花纹投射到天花板上，非常好看。

他知道，那光来自他昨天送给她的小电灯泡。

华阳像藏宝贝一样将这个黑漆漆的盒子，锁在自己的抽屉里。真好，我明天一定要和她一起玩。

于是当黑夜从天空褪去，换上了一颗九点钟的太阳，他又去找她玩了。

他很想跟一直在那鼓捣零件的莉莉玩游戏，但是又被她无视。

她一直摆弄那些工具，修理那些坏掉的东西。难道不累吗？华阳心里浮现这些想法。

这样实在是太无聊了，华阳最后忍不住强拉着莉莉出门。

从此，华阳每天就多了一项工作，就是不由分说打断莉莉的修理，将她拉到各种地方去散步。

华阳最喜欢带她去的是附近不远处的水坝。

他们可以在傍晚的时候，欣赏夕阳倒映在水面上。

也可以从水坝这端走到对面的树林里去，这对他来说，相当于冒险。

而且那里有一块草坪，两个人能够一起躺着看蓝天白云。

两个人相识久了，一起结伴出门的次数也就多了，那时候小孩们的零花钱还很少，有的甚至没有。

华阳和莉莉也不例外，所以他们会一起在小镇上搜索，然后将那些瓶子和废铁块之类的物品都收集起来送到废品回收站。换来的钱，他们两个人对半分。

只是后来上街收集铁块瓶子的小孩们多了起来，他们两人的收获也变少了。

华阳和莉莉开始思考别的赚零钱方式。

要不就帮别人修玩具赛车吧，你那么会修东西。华阳提出建议。

也行。莉莉答应着。

那时候，那种小赛车在孩子中间特别流行，但也容易出故障。这种小孩玩具坏了也就是坏了，是没处修的，毕竟是小孩们的玩意。

但莉莉能修啊，修好一台就算五毛钱。华阳想到这儿还挺激动，开始全镇寻找业务。

这样一来二去，镇上的孩子都知道了华阳和莉莉这两个人，他们都会将自己坏掉的玩具赛车或者小物件送来修理。

就这样，两个人的零花钱猛增，俨然成为同龄人之中的小富豪。

两个人在这样的过程中越发默契了。

而莉莉也因为接触很多人，慢慢变得开朗起来。

后来他们上完了初中，又考到同一所高中。

在这期间，两个人已经一起合作了无数次小事业。

根据分工的不同，莉莉管制作，华阳管销售。

他们做过阳光瓶子，做过一些小玩具，甚至还帮一个宿舍的同学改装过耳机，晚上熄灯就寝以后可以同时让八个人听音乐。

莉莉很努力，真的很努力，她修好了许许多多坏掉的东西。

但遗憾的是，她始终没能将远走高飞的妈妈修好。她已经明白当时父亲不断说修不好修不好的原因了。

人终究不是一台收音机。

她的修理技术再好，也修不好一颗坏掉的心。

所以她一直都很羡慕别人家的孩子，当他们在外面玩到很晚的时候，会有家人来叫他们回家吃饭。

因为少了一个本该陪伴着她的人，让她觉得人生一点也不完整。

如果也能有人来一直叫她就好了。

如果有就好了。那是一件多么幸福的事。

莉莉满脑袋飘着这些想法。

这时候，华阳站在教室外面大声喊着，莉莉，我们该回家啦。

莉莉一愣，好似有什么东西要从她眼里涌出来。

快点出来吧，等你半天了。

你等我干吗?

因为我不想让你一个人孤零零地回家啊。

莉莉终于控制不住眼睛里的浪花。

好在身边还有华阳这个傻小子陪着她，才让她没有觉得自己是孤单一人。

这一刻，华阳静静看着她，一如当年她歪着脑袋望着自己。

当时，她给了他一个藏着光的盒子，而此时此刻他又能给她什么呢?

华阳不知道答案。

但在这以后，两人越发亲密，已经成为了老师眼里严防死打的对象，但他们也没做出过什么出格的事。像情侣又不像情侣，所以对于两人的关系，在同学们之间一直是一个谜。

本来这样的日子挺幸福的，但生活总是要出现变故。在高二这学期快要结束的时候，莉莉父亲生了一场大病，可能交不起下学期的学费了。

也就是说她会面临辍学的危险。

华阳紧张地看着莉莉。没关系的，你不要担心。

莉莉故作轻松，没事哦，就算不读书也没什么了不起的。

但华阳还是看出了她的难过。没事，怎么可能没事。

可是怎么办?怎么办呢?怎么在短时间里筹到那么多钱。整个暑假，华阳都在为这事操心，他快急疯了。找别人借钱，行不通。

打一份零工，远远不够。

莉莉看着也有些心疼，别为我这事担心了，顺其自然吧。

虽然她说出这样的话，但她还是每天照看着自家的维修铺，也许心里还有一丝希望吧。但一个暑假下来顶多能赚个几百块钱，还是不够。

华阳就去附近的村里帮人调数字电视的卫星天线，每处理一家就赚十块钱。到离开学还有两个星期的时候，林林总总加起来她的学费还差一半。

后来连莉莉自己都觉得没什么希望的时候，晒成黑人的华阳将剩下的钱给凑齐了。

原来华阳跑去跟镇上的政府领导商量。我去帮你们清理那条河吧，太多垃圾脏东西了。不知道出于什么原因，华阳的请求被批准了，还签了合同，十五天，一天一百块。

当时还是八月份，炎炎夏日。

每天一大早，华阳就光着膀子，拿着网兜，将那些浮在水面的垃圾给捞起来。

每当他热得受不了的时候，华阳嘴里就不断念叨，这是一百块，一百块，今天赚了一百块。

坚持，两百块，两百块，已经两百块了。

……

加油，八百了，八百了，已经八百了。

……

一千五！终于一千五了！

被大太阳连续烤了十五天的华阳，兴奋地去告诉莉莉这个好消息。莉莉看着面前这个晒得黝黑的人，这到底是一个什么样的傻瓜。

最后莉莉得以继续自己的学业，也考上了一所好大学。

后来两人一毕业，拿到大学毕业证就去民政局领了结婚证。

这是所有甜蜜爱情故事里的雷同部分，在无数美好中，无论你经历多少黑暗，都有人愿意给你希望，将手给你。

而领证那天，莉莉想起当年那个被晒得黑黝黝的华阳，他也是和此时一样兴奋。

此刻他正在将两个红本子锁进抽屉，里边还有一个破旧的黑盒子。莉莉看见后故意说，你还留着这个啊，不过你动手能力那么差，肯定修不好它。

华阳不服气了，就扑过去跟她闹腾，那我来修理你，你去修理好它。

你看，你看，人的确不是一台坏掉的收音机。

但你觉着空落落的地方，会有另一个人过来帮忙填上。

他会为你补齐缺失的部分，你没有不完整。

你俩再在我面前秀个恩爱试试

我是湖南人，住的地方离湖北很近，但不爱出门的我从未去过湖北。

这一次去还是帮傅远帆的忙，他说要去那边找一个人。

如果有可能的话，还要把那个人给带回来。

我就问傅远帆，那要是带不回来怎么办？他眼神很坚定："那我就不回来了。"

他的神情里颇有壮士一去不复返的气势。

但这段路并不好走，因为路面并不平整，只是随便往泥巴路上铺了一层沥青。

一路颠簸就跟手机开了震动模式似的。

再这样下去，我感觉我能把五脏六腑吐出来。

傅远帆也没好到哪里去，连说话都带上了颤音："这路！真他娘的烂啊！"

我没力气说话。

没过一会儿，路平整了，还没来得及高兴，又迎面遭遇了山路十八弯，大概每八米一个急转弯，旁边就是悬崖。

我心有余悸地看着车窗外面。

傅远帆面色发白："这路！真他娘的弯啊！"

本来我们不用选择这条路的，但是傅远帆坚持，理由是他查过，这条路到达目的地要花的时间最少。

他媳妇跟他已经冷战五天了，我能理解他心中的迫切。

后来经过通城县的时候，车子终于开上正儿八经的公路，我们别提有多高兴。

希望傅远帆正经历的感情，也能如此这般，熬过一条烂路直至走上阳光大道。

后来我才知道我想多了。

傅远帆是一个科技改造狂，从小动手能力就特别强。

在别人还在折纸飞机的时候，他就已经学会将玩具赛车里的马达给弄出来造玩具船了。

那段日子里，大家买回来的新赛车基本全交待在他的手里。

他为什么会有这样的爱好。

是因为他小时候身子骨差，常常发生事故和意外。

他在还没小腿高的椅子上玩，摔断过胳膊。

在半人高谷堆上跳下来摔断过胳膊。

因此他平日里，除了被家长勒令跑步外，一般不出门，他这才将兴趣放在研究小物件上。

不过傅远帆有一个毛病，愤世嫉俗。

他特别厌恶那些不遵守交通规则的人。为了匡扶正义，二十五岁那年，他自己改装了汽车喇叭，线路跟自己的车载电视连在一起，他还在里面录了几段话。

这让每个坐傅远帆车的人都觉得尴尬。

为什么呢？

因为每次遇到有人超车、追赶、行人横跨旁边的围栏，他都会打开那个大喇叭，调到最大音量：

“请前面的车子注意安全，将速度慢下来，你跑得太快了。”

“请前面的人注意，你爬栏杆被我看见了。”

“前面那辆飞快的小汽车请注意，你再快一点就要上医院了。”

“警察叔叔，就是他超车！对！就是他！快把他抓起来。”

……

一时之间，傅远帆闻名于街头巷尾。

一大帮开车的司机跟交警哪见过这种人，眼睛都发直了，这车到底在搞什么鬼。

因此很长一段时间里，有傅远帆在的地方，交通状况就特别好。但不知道为什么，傅远帆总喜欢在一条街上转悠，还更丧心病狂地录音，每天无事都会在那条街跑几圈。

最后忍无可忍的交警将他拦下来教育："你以后能不能别这样了啊，再说了你不能老在这条街干这事啊，你换个地方成不成，成不成？"

交警苦口婆心，傅远帆却在东张西望，突然他眼睛一亮，又按上了喇叭：

"小伙子，你今天气色不错呀。"

"小伙子，早上好呀。"

"你伙子，你今天有空吗？"

"你伙子，你别急着走呀。"

交警黑着一张脸："……"

我觉得这都怪傅远帆是单身的缘故，直到有一次他载着我一起上那条街，我在后座问他："你这都是闲的，好好谈个恋爱就不会这样整天瞎折腾了。"

才说完这话，他又打开喇叭："小伙子，你别急着走啊。"

我无奈地叹了口气："你又来了，别人又怎么招惹你了？"

傅远帆却很兴奋："没招惹我，可我要招惹她。"

啥？我看过去，原来路边有一位女孩。

我问傅远帆："你认识她？"

傅远帆："认识啊，我在这条路上见过她很多次了。"

我才知道傅远帆每天无所事事地在这里折腾转悠，还有这原因在里面。

那女孩招招手示意傅远帆停下，傅远帆把车子开到她面前，她敲敲玻璃窗。

傅远帆赶紧将车窗摇下来："怎么了？"

那女孩没好气地告诉他："你再朝我乱按喇叭，我再也不从这里走了。"

傅远帆不好意思地嘿嘿了两声。

两个人的缘分就是从这开始的。

她叫李沛姿。

他终于消停下来了，自从有了人家女生的联系方式，即使再去那边也不乱按喇叭了。

也是从那天开始，我才确认傅远帆坠入爱河不可自拔，深陷其中。

为了熟络两人的关系，傅远帆经常约她出门，散步到金鄂山公园的时候，在小亭子里同她聊天。

聊天这种事一般都是挑有趣好玩的说起。

傅远帆和李沛姿聊到这些年遇见的奇葩。

傅远帆说他读高中的时候，他的同桌是一个特别喜欢看网络小说的男生，他总是在上课的时候看小说。有一次数学课，老师在上面讲题，他在下面翻小说，看到兴奋的地方，就一边打响指一边哈哈大笑。老师走到他的旁边来了，他都没发现，继续兴奋地打着响指。为了看小说简直连命都不要了。

李沛姿是讲到她以前读书的时候，高一，当时是个干瘦的老男人给她们班上生物课。不过这个生物老师有些怪癖，可能是骨子里有重男轻女思想，这生物老师有时候喊女生起来回答问题，他不按套路来，他偏得这样喊："请这位男同学起来回答我的问题。"有一次这种事也轮到她身上，她急着说自己是一个女生，结果生物老师振振有词地回答："从你站起来那刻起，你就是个男生了。"

全班哄堂大笑，从没见过这样奇葩的老师。

傅远帆忍不住笑："哈哈，还有吗还有吗？"

李沛姿严肃地说道："当然还有啊，就拿最近来说吧，有个超级大奇葩，每次看见我就瞎按喇叭，不过那喇叭声也是怪了，老是跟我说早上好啊，吃饭了没啊，今天有没有空啊。还喊我小伙子……"

傅远帆忍俊不禁："哈哈哈……"

李沛姿："哼，你全家都是小伙子。"

从此这个叫李沛姿的女生开始了与他鸡飞狗跳的一生。

虽然遇见的方式奇葩了一点，但不妨碍两个人像蜗牛一般伸出彼此的触角，悸动。

两人终于确认对方就是自己心中想要的那个人。

他们在一起了。

而从两人认识到这一步不过半年，看来感情的事虽然跟时间有关系，但时间的长短却不是必然关系。

气场相近，对方身上有自己喜欢的特质，相处自然……

这些都能成为彼此相爱的理由。

而且所有的喜欢就是这样的贪婪，仅仅只有遇见是不够的，还要在一起。

这是我们生活在这个世界上理所当然的贪心。

不过感情世界里从来都不缺磕磕碰碰，总有些闹心的时候。

两个人也会吵架。

这没什么好说的，这几乎是每对情侣必经的阶段。

有时候风平浪静，有时候暴雨雷鸣。

形象点解释就是，不管是多好的感情都会遭遇大姨妈。

这时候情绪会暴躁，会焦虑，两个人有时说着说着就翻脸了。

但这不影响感情，毕竟不是真的战争，不需要你死我活，只要谁扛不住，到最后认错就是了。

这样吵架下来几次，两人在感情上更腻歪了。

但他们也约法三章，不管怎样闹都不能拿分手说事，可以冷战，但认输的一方必须去将对方找回来。

这次过情人节的时候，两人又吵架了。

不是多大事。

李沛姿准备同他冷战，已经准备转移自己的阵地，去湖北老家。

两人商量好冷战一个星期。

傅远帆见她收拾行李："先别急，先把我的情人节礼物给收了。"

又是一个他自己做的小玩意。

李沛姿没好气地说："你蠢呀，不知道送我鲜花鲜花鲜花啊。太笨了，我要把冷战延迟到一个月。"

没曾想傅远帆忍了五天就受不了了，他说，不行，我忍不住想她，我现在就要去找她回来。

于是傅远帆叫上了我作伴。

在途中，得知真相的我，差点眼泪掉下来。这两人怎么可以这样花式秀恩爱，大老远还要带我过去当他们的电灯泡。我发誓到时候一定要亮瞎这两逗比情侣的狗眼！

到了李沛姿老家，傅远帆给她打电话："我方战士已经端掉了你的指挥部，这场冷战我赢了，我把你俘虏了，你快出来吧。"

李沛姿屁颠屁颠从屋里跑了出来，笑得特别甜蜜：“不是说好一个月吗，怎么还没一个星期你就过来接我了啊？”

傅远帆又嘿嘿笑了几声：“我这不是太想你嘛，所以就提前过来了。”

李沛姿满意地点点头：“不错不错，还不傻，知道提前追过来。要是我说一个月你就真一个月后才来，我可就要发脾气了啊。”

他奶奶的又开始秀恩爱了，我在一旁拼命发光，我发誓一定要亮瞎这两人的狗眼。

下一次我绝对不会再来当他们俩的电灯泡了。

没曾想几个月后我去傅远帆家做客，还没有进门，傅远帆就跑了出来。

我往他后面一看，惊呼：“兄弟快跑，你媳妇拿着菜刀追出来了。”

“什么！她还带了装备。”

“起码加了一千点攻击，快跑！”

两人你追我赶，越跑越远，留我一人在他们家门外站了半天。

等看到傅远帆跟李沛姿再回来的时候，我看见这两人手挽着手肩并着肩，这甜蜜又秀了我一脸。

我去，你们俩再在我面前秀恩爱试试！

无须开口，我们就能在一起

杨展鹏说他当了体育老师，在我们原来的高中学校任教。

当他再次走进校门的时候，汹涌的回忆在他脑海翻起了波澜。

他说有一次给学生上课，他看到一个傻男生拼了命地在操场奔跑，好让自己离一个女生近一点。

那傻乎乎的样子就好像他当初追米娅一样。

那时候还是2008年，我去了公田的学校读高中，坐客车半个钟头才能到家。

学校不算小，进了校门经过印有校名的景观石，左边教室后面就是男生的宿舍，一个宿舍有八张床，要住下八个糙汉子。

其中有两个人与我关系比较好。

一个叫杨展鹏，他睡我的上铺。

他是学体育的，线条粗壮，精力旺盛到每晚要做两百个俯卧撑才能睡觉。

我头回住进来的时候不知道，睡在床上感觉山摇地动，以为他在上铺打飞机，偷偷地鄙视了他很久。

另一个叫龙腾，他喜欢看网络小说，经常跟着我们一起清汤寡水，过着老干妈就饭的苦日子。后来才知道这货的爹在日本当大厨，收入颇高。

他本人甚至还有一张自己的银行卡，有十几万的存款。

我和杨展鹏知道这件事后，整个人都蒙了。这么有钱居然还跟着我们一起饿肚子，他脑袋里到底在想些什么，难道是忆苦思甜艰苦奋斗饿其筋骨自强不息吗?

至于我，我就比较普通，还瘦巴巴的，跟文弱书生似的。

但因为长得面善而且嘴严，他们经常会将自己一些秘密和烦恼告诉我。

而这一次我要说的故事就跟杨展鹏有关。

有一天杨展鹏在自习课上鬼鬼祟祟地跟我同桌交换了位置。

他说他有一件特别难以启齿的事情想告诉我，这事已经折磨他很长一段时间了。

看着他透着希冀的双眼，我头皮一麻，妈蛋，不会是要跟我表白吧，我可是个直男啊。

正当我胡思乱想之际，杨展鹏告诉我：“我看上了一姑娘。”

我大惊：“什么？”

杨展鹏又说一遍：“我说，我想让一姑娘做我女朋友。”

听到这话，我松了口气，调侃他：“才来学校多久你就开始惦记女生了，你靠谱吗？”

杨展鹏有些不好意思地回答我：“我也不知道为什么，那天她从我窗户边上经过，我看人家漂亮就跟出去看，没想到一不留神跟到她教室去了，还差点被她发现。再后来我就魂不守舍了，老想着她。”

我好奇心上来了，问杨展鹏：“那你知道那女孩名字吗？”

杨展鹏挠着头：“不知道。”

“多大了？”

“不知道。”

“唉，你怎么什么都不知道啊。”

和杨展鹏对话的我有些无奈，他一问三不知，好歹也该把人家名字给弄清楚啊，不然以后表白的时候只能说，那同学那什么，我喜欢你，你做我女朋友咋样。

这样要能被女生喜欢就见了鬼。

杨展鹏将暗恋人姑娘的事情说完以后再三叮嘱我，千万不要将这事告诉别人，尤其是龙腾那个大嘴巴子。

我连声说着，好好好，没有问题，你就放 1234567 个心吧，我绝对不告诉任何人。

晚上下自习一回宿舍，我就立马告诉龙腾了。

龙腾神色庄严地望着我 ：“准备怎么办？”

我想了想，说 ：“帮他出主意啊。”

龙腾沉思了半天 ：“我记得我们明天有节体育课，是跟那个班一起合上的，找个机会问问人家的名字啊，QQ 啊什么的，怎么样？”

我也想不到什么别的好办法，只能同意了。

这时候杨展鹏看到我俩鬼鬼祟祟在那嘀咕半天，就偷偷猫了过来。

还好我俩已经讨论完毕。

我朝龙腾使了个眼色，就各回各床了，留下杨展鹏在边上摸不着头脑。

第二天的体育课是在下午，大操场上，一个班级站一边。

杨展鹏丢了魂似的在旁边人群里寻找那姑娘的身影。

我们随着他的目光知道了那姑娘的模样。

体育老师给大家讲着待会儿要做的事情，大概是想让两个班混在一起围绕操场跑十圈，十圈以后就放大家自由活动。

杨展鹏这小子别看强壮，但脸薄，胆小得很。

于是我跟龙腾商量，一会跑步的时候，我们找准机会到她旁边去。

体育老师的计划是让女生们先跑，一分钟后男生再跟上。

所以等我们起跑的时候，起码会落后那些女孩子几百米。

过了一会儿，体育老师看差不多了，就吹响了口哨。

我和龙腾在后边奋起直追，非得追到那个女生问出名字跟联系方式不可。

我们一边跑，心里一边念叨："杨展鹏啊杨展鹏，这可都是为了你啊，一会儿自由活动不给我俩买饮料，活生生揍死你。"

没承想杨展鹏这一刻成了枪膛里飞出的子弹，就跟吃了炸药似的，双脚带起的沙子飞溅，那个气场就好像杀父仇人就在前方一样。

跑道上的同学们吓得纷纷让路。

但杨展鹏根本没有意识到这一点，他的注意力全在前面那个姑娘身上。

在场所有人都看出来了，杨展鹏在追那个姑娘。

那姑娘估计也是被吓着了，在前面拼了命地跑。

后来她实在跑不动了，一屁股坐在地上，绝望地闭上了眼睛，眼泪都差点流下来。

杨展鹏不知道这是怎么回事，一个急刹车在她后面停下，哆哆嗦嗦地问：“你怎么哭了？”

姑娘抬起头看了他一眼，上气不接下气地抽泣：“我以为你要打我。”

说完，她哭得更厉害了。

杨展鹏眼睛都直了，手忙脚乱地安慰她，直到他说出：“你别哭啊，我只是想追上来问问你叫什么名字。”

姑娘瞪大了眼睛：“那你还不拉我起来！”

我和龙腾一时相顾无言，我们觉得这女生和杨展鹏挺配的，都缺心眼。

一个能把自己喜欢的女孩追哭了，一个愣是以为喜欢她的那个人要打她。

但不可思议的是，虽然我和龙腾的计划泡汤了，但杨展鹏如愿以偿地要到了人家姑娘的联系方式和名字。

“原来她叫米娅。”杨展鹏傻笑着问我们，“你们觉得我和她有可能吗？”

我瞄了一眼那边还红着眼眶的女孩，甩给他一句：“爱情这道题啊，真的好难。”

杨展鹏在后面不依不饶地喊："你什么意思，你什么意思，你说清楚啊。"

两人就这么相识了，但也并不熟悉，虽然杨展鹏吓哭了米娅，但是米娅性子好，没有反感他。

据此，我和龙腾一致判断，这是一个善良的女生。

人又漂亮，也不乖张。

我们估计杨展鹏想要追到这个女孩有些困难，因为不算他自己，在我们班暗恋她的男生就不下五个。

我跟龙腾说，如果不出什么意外的话，他们俩也就只能是现在这个普通关系了。

好在我的乌鸦嘴开过光，意外来了。

当时米娅有一个追求者，一头黄毛，名声不太好，混日子，打架，和外边的小流氓来往。

经常有事没事来找米娅聊天，还到处宣传米娅是他的女朋友。

米娅不喜欢黄毛男这种人，但又没有办法，跟狗皮膏药似的，撵都撵不走。

杨展鹏转折的机会就在这里。

黄毛男为了显示自己的威风，和别的追求者的胆小，一个又一个地找那些暗恋者的麻烦，得知还有杨展鹏在喜欢米娅，为了警告他，第一节晚自习也来找了他。

但出人意料的是，杨展鹏以前学过武术，没几下就把黄毛男打翻在地。

为了报仇，第二天，黄毛男又来了，还找了两个帮手。

杨展鹏吃了一点亏，但还是打赢了，三杀，黄毛男又被打翻在地。

黄毛男吓得面如土色，发誓再也不来纠缠，也不会再去骚扰米娅。

米娅不知道怎么听说了这件事，就来跟杨展鹏道歉："我也不知道会这样，对不起啊。"

杨展鹏连忙说："没事没事，跟你没关系。"

两人唠嗑了半天，因为这事，关系反而变得更融洽了。

这个中午，杨展鹏跟米娅一起去食堂吃的饭。

时光在杨展鹏的喜欢里辗转反侧。

青春期的躁动总是跟单纯的爱恋相关。

即使和米娅认识了这么久，可杨展鹏从未向她表白过。

我们鼓励他勇敢一点，他却总是说，这样就很好，这样就很好。

我们就笑话他白长了个子和肌肉，如此胆小。

可不管怎么说，08 年对于杨展鹏来说，是美好的一年，因为他遇见了自己喜欢的女孩。

只是这一年快结束的时候有不幸的灾难发生，天灾，就在期末结束将要放寒假的时候，特大暴雪。

雪往路上铺了一层又一层。

慢慢地，客车、小车都没法在路上开了，强行上路，车子只会陷在路上。

到处是雪，到处是风，刮得耳朵生疼。

还好这里的学生多数都来自于同一个地方，学校就安排老师将学生一批一批地送过去，所有人都要走路，排成长队，跟长征似的。

但还有一些学生是从远一点的地方来的，米娅就是如此，学校里没有与她一块的学生。

她没法回家，也不知道能在什么时候回家。

米娅看着窗外厚厚的积雪有些难过，不知道这雪到底什么时候才会停。

很快学校里就没什么人了。

杨展鹏也没有走，他偷偷躲了起来，等大家都走后就去了米娅的教室。

米娅惊讶地看着面前的杨展鹏："你怎么没走，落下了吗？"

杨展鹏摇摇头说："我有些担心你。"

米娅怔怔看着他。

杨展鹏继续说："我送你回家吧。"

米娅："可是我家很远啊。"

杨展鹏："我不怕，你也别怕，我肯定将你安全送到家。"

第一次，杨展鹏牵到了米娅的手。

在这个北风呼啸的冬天，天寒地冻，他紧紧握住手里的温暖。

杨展鹏问米娅："冷吗？"

米娅看着自己被捂得严严实实的手："不冷。"

两行脚印就这么在暴风雪中越走越远。

8个小时候后米娅到家了，杨展鹏却没敢上楼，怕被她的父母看见，趁米娅不注意就跑了。

他的任务完成了，他也该回家了。

沿着相反的路，杨展鹏走了一天才到家，浑身都湿透不说，还生了场病，几天才好。

只是寒假这三十天，他没心思玩耍，他总是想起那天大雪纷飞，他送她回家。

她的手真软，要是能够一直牵下去就好了。

一个月后，开学，高二分完文理科。

两人都是文科，虽然没有在一个班，但相隔不远，就在隔壁。

米娅在下课的时候来找他，还带了一条围巾。

"这个给我？"杨展鹏问道。

米娅点了点头："嗯，我寒假的时候自己织的，记得下次冬天给自己围上。"

杨展鹏欣喜若狂，一回宿舍就把围巾围在脖子上，看了又看才锁到箱子里。

因为这事，杨展鹏傻笑了好多天。

按理说，这两人已经有了相互喜欢的苗头了，但杨展鹏依然没有表白过，米娅也从来不提。

我也搞不清楚这是为什么，难道两人没有那种喜欢？

但是也不像啊，米娅和我们一起玩的次数多了，她看杨展鹏的眼神和杨展鹏看她的眼神都是含情脉脉的，跟小情侣们是一模一样啊。

不过这是他们俩的事，我也管不着，就让他们顺其自然吧。

也不知道是从什么时候开始，两个人一起去食堂，一起傍晚在操场散步。

俨然一对小情侣，但问他们，他们也不承认。

时间到了夏天，学校举办运动会，所有人都可以报名参加。

米娅问杨展鹏："你不是体育生吗，不去试试？"

杨展鹏："参加就参加，我有什么好处吗？"

米娅腼腆一笑："看你表现咯。"

杨展鹏当即填了表格，标枪、铁饼、跳高、赛跑等项目。

运动会开始以后，米娅被选到广播处念比赛结果和得分。

杨展鹏更是卯足了劲，表现的机会来了。

为了让米娅念到自己的名字，他热血沸腾。

因此，运动会结束以后，杨展鹏拿了好几个冠军。

米娅也在广播里念着：

“杨展鹏，标枪冠军，加十分。”

“杨展鹏，跳高冠军，加十分。”

“杨展鹏，……”

事后杨展鹏得意地问米娅：“厉害不厉害？”

米娅白了他一眼：“看把你能的。”

米娅给他的奖励没人知道。

但两个人更加明目张胆地出双入对了。

这免不了被老师教育批评，但他们的关系始终让人捉摸不透，因为我们从来没听他们承认过是一对情侣。

还有一百天就要参加高考了，两个人该学习的时候也都特别认真学习。

有一天我问杨展鹏：“你们毕业了怎么办？”

杨展鹏：“当然是考到同一所学校去啊。”

看来这两人早就想好了以后的路，后来考试完，两个人果然填了相同的志愿，考到了同一所大学。

就在前几天，他们俩邀请我去参加婚礼。

很多当年的同学都在。

在婚宴上，大家实在忍不住就问杨展鹏和米娅："你们读书那会儿到底是不是情侣啊？"

杨展鹏终于大大方方承认了："是啊。"

我疑惑地问他："没有见你表白过啊，难道是米娅倒追的你？"

米娅在一边笑："我也没有追过他。"

杨展鹏得意地告诉我们："我们就是自然而然在一起了。"

原来相互喜欢的人相爱这么简单。

我不问你要不要做我女朋友。

你也不用问我要不要做你男朋友。

无须对方开口，我们就能在一起。

当你没有了新鲜感,你还爱我吗

屋外头一整晚大雪纷飞。

大张却一大早起床了，他摸起床头的手机，屏幕上显示着一条新的短信。

是女朋友香香发的。

他打开一看，是人家姑娘发来的一则分手通知。天寒地冻的，那女孩子就这么跟大张说了拜拜。

一整天大张都在为这事黯然神伤，他说这屋里从早烧到晚的火炉都温暖不了他的心，实在是太冷了。就连他的下半身都被冻得毫无知觉。

当大张这么向我形容他感受的时候。我上下打量了他半天，终于试探着告诉他，你快捏捏你的裤腿，你出来的时候是不是忘了穿秋裤。

大张在原地愣了半天，骂了自己好几声呆 ×，说要回去添装备。

但大张没有回来，他直接去了镇上的车站，他想要去找那个刚刚成为他前任的女朋友香香。

很明显大张还心存侥幸，抱着跟人家复合的念头。但像这种莫名其妙就分手，事先毫无征兆的情况，复合的希望并不大。

你想一想，对方连一个分手理由都不想编给你，说明什么，说明人家姑娘早就下定了决心要和你分开，就算再怎么挽回也都是于事无补的。

要知道这世上的情侣千千万，每天都会有人因各种理由而结束双方的关系。

大张想死撑住这段感情，想强留住这个人，肯定留不住的。

因为情侣们之间的情感维系，是有强弱度的。牵绊强的人一天到晚跟对象分手八十回，第二天照样能在一起谈笑风生；而那些牵绊弱的人，感情经不起任何考验，像分手这种话，一次，哪怕只说上一次，今生就再也没可能在一起。

不过大张要去就去吧，做朋友的也不能干涉他的选择，只是问大张非去不可的理由。

大张说自己作为一个负责任的男人，像分手这样大的事情，不能草草了事，必须得当面和人家姑娘说清楚。不管怎么着，这段感情关系的破裂，两个当事人必须得聚个头，至少见面时相互撂个狠话，说这辈子仁至义尽，老死不相往来。

再把他俩的情况想严重一些，没准当场就能打起来。

只是前几天这两个人的关系还好好的，怎么到今天风向就变了，是不是她有什么不得已的苦衷？

这个疑问被大张发到了群里，这个时候，大张才上车没多久。

我知道他想听到大家对他说什么话，无非就是那女孩没有变心之类的安慰。

我们这些人都是洞庭湖上的老麻雀了，默契十足，叹了口气，知道自己是时候发挥想象力了。

欧阳首先给出了他的推论。别担心，你女朋友肯定是因为身患绝症，为了不拖累你，所以才和你分手的。

佟有为随即发表了自己的看法。即使不是重病，可能也是要不久于人世，大张你可要做好准备啊。

听了这些话大张反而更难过了，你们说的都是什么跟什么啊，不是有病就是要死，老乔你靠谱些，你觉得会是怎样？

我叹了口气缓缓说道，其实你女朋友不是地球人，她是火星地穴人，因为居住的环境条件太差，所以想要攻占地球，为了摸清楚地球人的情况，所以才做了你的女朋友。现在她的星球领袖准备总攻地球，就将你女朋友招了回去了解情况，你这次去见她，是敌非友啊。

我们这几个人正准备将脑洞开得再大一些。大张却流着眼泪给我们发信息，我知道的，其实她就是不爱我了。

好嘛，原来他心底明白这一点啊。

于是我问他，那你还明知故问？

欧阳也在那儿敲着字，对啊，你去见了人家也讨不了好嘛，何必去找罪受呢？

我有些能理解大张的感受，我以前也这么莫名其妙被前任抛弃过。不过不止是我，不止是他，每个被抛弃的恋人都有这样一种执着，都希望能当面听听对方的解释，哪怕是对方编出来的也行。

一小时后，大张下车了。

他穿过了一条街，进了一个小区，在一楼，是那个门牌号。

他在门外站了半天，俯耳听了一会儿屋里头的动静。有谈话声，里面有人。

大张终于大着胆子敲门了。

把门只开了一道缝儿的香香讶异地看着大张，你怎么来了？

大张说，我有话想跟你说。

香香没有让大张进去的意思，那你赶紧说吧。

大张脑海里翻腾着今天早上收到的那条短信，翻腾着自己一路酝酿好的语言，却一句都没有说出口。

香香看着大张，这天怪冷的，你不说话我把门关上了啊。

大张心想自己不能怂，怎么着也要说句狠话，但一出口却变成，我收到你的短信了，但我不是很明白。

香香说，有什么不明白的，我不是在短信里说清楚了吗？

大张急了，你就里头说了五个字——我们分手吧。

香香却不打算给出理由，冷笑一声，我想这五个字已经够清楚了。

大张还想说些什么。

砰，门被关上了。

大张立在人家门前，漫天大雪，就跟在他心窝子上撒盐似的。

大张说，不疼，就是有点冷。

雪越来越大，司机们不敢开车，路都封了。大张没法回家，就在网吧将就着过了一夜。

如果问到失恋的人是一种什么感觉？

大张此刻也许最有发言权，失恋对他而言就像是忘记穿秋裤。先是感觉冷，然后冷得浑身发抖。

当然，大张是真的忘了穿。

大张回来后和我们讨论这事。明明她发过誓，要一辈子和他在一起，怎么就做不到呢?

于是我们回顾了一下大张和香香相识至今的全过程。

两年前，大张遇见了香香，她当时是大三读商务英语的学生。

此外，香香还是一个韩剧热爱者，满脑子的罗曼蒂克，她想要的爱情，无他，要么轰轰烈烈，要么浪漫无比。

大张当时为投其所好，使出了浑身招数。不过他一个老实人，玩不出多少花样。但香香说可以当他的女朋友，只是大张必须完成一些她想要的愿望。

愿望是要大张给她设计十二次浪漫的情节。

头一次，大张是在大广场上完成的，在一群跳着广场舞的大妈们中间，他捧着鲜花跟香香告白。

第二次是他在香香家楼下摆出特别大的心形蜡烛，只是差点引起火灾，被保安给赶了出去。

第三次是他在香香宿舍楼下扯起两米长、上面写着“香香我爱你”的横幅。

第四次是他带香香去吃烛光晚餐。

剩下的几次就不必说了，反正是一次比一次厉害，我从来没见过这么作的女生，也不知道大张到底是喜欢她哪一点。

我一直认为，这种出门买个包子都要幻想碰上白马王子的女生不会是大张的良配。但大张就是不管，执迷不悟不听劝。

最后大张在香香上自习的时候去了她教室，在所有同学面前跟她告白。

香香感动得泪流满面，发誓这一辈子都会和大张在一起。

当晚，大张请我和欧阳他们一起吃饭。

我们的立场都很坚定，听到有吃的就全来了。

大张和香香坐在一块儿。看着他满脸甜蜜的表情，姑且祝福他们能够天长地久吧。

时间过得很快，这一年大张可算是费尽了心思。每天早安晚安不断，牢记每一个香香说重要的日子。

西方情人节、圣诞节、牛郎织女见面，大张都要精心准备礼物，每回礼物都必须要有新意，否则就是不重视她。

按香香的话说就是，如果你没法对我好，那我要你有什么用？

一听这话，大张赶紧花时间看完了最近流行的韩剧，好摸清香香的想法。

没办法，谁让大张喜欢她呢，只能无条件迁就她了。

其实我觉得这非常不合常理，一份正常的感情是绝对不能像他们那样的，不仅累还夸张。这样的感情迟早会出岔子。毕竟大张只是一个人，但香香脑海里有着无数韩剧。

所以到了第二年的时候，大张感觉自己什么心思都使过了。不管他再做什么浪漫举动，都只是在重复原来做过的事情。

送花？香香说你已经送过无数次了，能不能来点新鲜的。

陪她去吃大餐？香香说年年吃这个，能不能换个花样。

香香开始觉得他无趣了。终于在这年的冬天，香香给大张发了分手短信。

我们分手吧，五个字，言简意赅。

大张想当面去听香香的解释，可我知道他心里早就知道答案。但他还是去找她了，那个香香隔着门缝儿看他。他想说的话都没有说出来，他以后也没法花心思讨她欢心了。

我倒觉得这是大张的解脱。

我知道每个憧憬爱情的人的愿望通常很简单，就是双方做一对不会各自飞的同林鸟。只是他遇见的是一只注定要飞走的鸟，没什么好可惜的。

就当是老天给予的考验吧。

我们的爱情会经历生活，会经历时间，从一开始的浪漫，慢慢变得平淡无奇，其中有一方突然觉得这份感情不符合自己的想象，不是自己想要的那种生活，所以人家放手了。

他们可能会花更多的时间去寻找一个新的对象，体验他们的新鲜感。但我相信总有一天，他们会为自己的选择而后悔。

如果有一天你有机会遇见一个发誓不会逃离你生命的人，先别忙着高兴，也别忙着轰轰烈烈。

问问他，或者问问她，如果将来我们的日子变得无聊，我们的生活过得平淡，你还会爱我吗？

Part3　世界那么大，刚好遇见你

即使你是一个感情里的路痴，也一定会遇到那个送你回家的人。遇见以后就勇敢抓住他，否则你下次迷路的时候，没准就碰不见对方了。

我有一个关于她的消息告诉你

有一句俗话说得好，朋友相见，分外眼红。

不久前的一次小聚，我跟几个好友相约在宁青河家。

我们一起玩了谁是杀手天黑请闭眼，一起打输了就喝凉白开的斗地主。

最后大家肚子里实在是装不下水了，就开始玩上了烂俗的真心话大冒险。

说来也怪，我运气太差老输就算了，居然还连着输给宁青河好几次。

这家伙心太黑，对我下手毫不手软，所有问题专走下三路，刁钻又下流。

我恨不得操起一块板砖敲碎他的嘴巴。

结果就是我不但向大家老实交代了自己的初吻初夜在什么时候失去，还供出了我今天穿的内裤是什么颜色。

天杀的宁青河随即用自己手机发了朋友圈：老乔今天穿着灰色小内裤来我家玩了。

这段话还有一张配图，是岛国某部小电影的精致封面！

这简直不能忍，为了捍卫自己的尊严，我付出了又输两次的惨痛代价，宁青河才终于落在了我的手里。承蒙上天对我的眷顾，报仇的机会来了。

恍惚中我好似听见天上的耶稣佛祖都在再三嘱咐我，一定要好好想想怎么对付宁青河，必须将他内心深处裹着藏着的猛料全都给挖出来。

让他的秘密在朋友圈被游行示众。

于是我盯着宁青河怀着六七杯凉白开的肚子：“你这辈子遭遇最尴尬的一次经历是什么？”

宁青河闻言一愣：“我还以为你要问我都在哪里啪啪啪或者硬盘里存了多少 G 种子呢。”

我给他翻了个白眼：“别废话，快说。”

宁青河在那儿回忆了半天，说最尴尬的一次经历得从九年前说起，而那个故事有些长……

那还是在宁青河十五岁的时候，他正在镇上的徐家中学读初一。

他这学期的第一次考试是跟隔壁班的同学混合在一个教室。而宁青河后来暗恋的那个女生就是这个隔壁班的同学。

她的名字叫常馨月。

考试那天，她恰巧在宁青河邻桌，一束马尾，一身白衣裙，在认真看着桌上的试卷。

宁青河这人平日不爱学习，最喜欢打闹吹大气，看旁边有个女生，就想好好作弄她一下。于是他就装作一副很厉害的样子告诉她："这些题目你都知道怎么做吗？不会，让哥哥我教你啊。"

说实话这场考试，宁青河连及格都没有把握，但他还是忍不住跟她吹牛，语气显得特别轻佻。

而且还是很令人讨厌的轻佻。

后来老师在教室比较两个班级成绩的时候，她成绩排名前列，宁青河在最后吊车尾。想到自己考试那天说过的大话，他有些脸红。

一半是因为脸上过不去，一半是因为少年情愫。

于是觉得这个常馨月漂亮、成绩又好的宁青河，就懵懵懂懂地喜欢上了她。

而常馨月恰恰相反，认为他说话举止令人生厌。

那个时候年纪小，爱慕一个人并没有多少好的表达方式。

通常都是以吸引对方注意力为主，所以很多人在回忆自己年少的爱恋时，发觉自己并不被对方所喜欢，而是被对方深深厌恶。

比如用文具盒夹住前面女生的头发啊。

比如在女生的书包里放活的菜青虫啊。

比如在女生的面前好勇斗狠吹牛皮啊。

这些令女生讨厌的缺德事都是男生吸引对方注意力中比较常见的办法。

宁青河也干过这样的缺德事，最后还被老师点名批评。

当时他刚升到初二，开学才几周，宁青河所在班级的一些教材还没有到齐。班主任决定让班上的同学跟隔壁班的同学先共用一下书本教材，于是班主任去隔壁班借来了不少同学的书，其中就有常馨月的一本。

当宁青河知道这里面有她的书以后，欣喜若狂。

他觉得自己表现的机会终于到了，就千方百计跟拿了她书的同学做了交换。

然而将常馨月的书换到手以后，宁青河这个呆子不写情诗不留美句。

而是在那本书上写了一大堆骂她的话。

常馨月，你个大傻瓜。

常馨月，你实在太笨了。

常馨月，你脑子里装的是不是都是豆浆。

……

这还没完，宁青河还在书的第一页用很大的字写着，加哥哥QQ23……

做完这一切，宁青河心里还很得意，这次我肯定能成功引起她的注意，不要一会儿她就会加上我的QQ，接受我的表白，和我一辈子幸福快乐地在一起。

只是宁青河没料到的是，他不仅成功地引起了常馨月的注意，还成功地引起了班主任的注意。

原来他们上完课，书一还回去，常馨月一看自己被弄得面目全非的书，当场就气哭了，将这事件报告给了宁青河的班主任。

罪魁祸首很快就被查清楚了是谁。

暴怒的班主任在开班会的时候点了宁青河的名："你在隔壁班女同学的书上乱写乱画是怎么回事？"

宁青河支支吾吾有些心虚："我……我……"

班主任猛地一拍桌子："你别以为我不知道，你还不就是想吸引人家女生的注意，可有你那么喜欢人的吗？一会儿你就给我去跟人女同学道歉！"

被班主任臭骂一顿的宁青河，尴尬地将头低到桌子底下，都快觉得没脸再在这个班里待下去，只好埋着脸使劲哭。

可哭归哭，但宁青河对常馨月还是不死心。

一计不成又生一计。

他想，这一回我肯定能成功引起她的注意，不要一会儿她就能被我深深感动，接受我的表白，和我一辈子幸福快乐地在一起。

这次他决定先从常馨月的喜好入手，学校里最近流行言情小说，女生们几乎人手一本，别看常馨月成绩好，她最近也很迷台湾的言情小说。他的计划是找她借个一两本，这一借一还之中就可以达到与她频繁交流的目的，一回生然后二回熟。没准她见自己也有与之相同的爱好，就会原谅他在书上骂她的事情了。

这样做准没错，就这么办。

下了决心的宁青河想到兴奋之处，还忍不住笑出了声："嘿嘿，我表现的时候到了。"

但困难还是有的，由于关系交恶，宁青河磨破了嘴皮子都没能让常馨月松口借书给他。

大概折腾了半个月，常馨月看在他也爱看书的情况下原谅了他。

于是宁青河趁下课给常馨月递了一个纸条："我知道你那儿小说多，将你们女生最喜欢看的小说借些给我吧。"

常馨月犹豫半天才答应，让他在同学们都去食堂的时候在教室等她。

得到答复的宁青河很是得意，看来这次的计划一定可以成功获得常馨月的青睐。

大概五分钟过后，常馨月从宿舍拿完书回来了。

但宁青河不知道她为什么走得那么焦急，还把书包也背来了。

常馨月走到他面前，小心地检查了一下四周，发现并没有其他同学以后才放下书包，接着她从里头又拿出一个用黑色塑料袋包裹的东西。

宁青河不知道她为什么这么小心，忍不住问她："这是什么？"

常馨月有些害羞地回答，这就是你想要看的小说啊，女生都喜欢看的。

说完，她飞快地跑了，留下宁青河摸不着头脑。

晚自习第二节课，宁青河从抽屉摸出那个黑色塑料袋，想着反正无聊，就看看这本小说好了。

咦，他翻了一页，开头写着："一双邪恶的大手伸向这美丽妇人的胸前……"

宁青河瞪大了眼睛，总觉得有哪里不太对劲。

又翻了几页，宁青河才终于明白过来，原来常馨月之前鬼鬼祟祟是因为这个，原来这本小说内容多半是在写脖子以下不能描写的部位。

正在他看得面红耳赤的时候，一双邪恶的大手也悄然伸向了他，一拉一提，书就被班主任拿到了手里。

班主任看着宁青河："这书是你的？"

宁青河脑海瞬间闪过无数念头，但可以确定的是，绝对不能把常馨月给供出来。

想到这里，宁青河有些豪气万丈，觉得自己英雄救美的时候终于到了，虽然觉得尴尬，但他还是义正词严地承认："没错，这本小黄书就是我的！"

班主任眉毛一抖，气得又拍起了桌子："你啊你！上回在别人书上骂人，现在又看小黄书，你整天不学习你出息了啊！你给我写一万字检讨，明天我亲自检查！"

不过这件事过后，也算因祸得福，常馨月和宁青河成为了要好的朋友。

宁青河觉得这是一次很大的进步，这让他觉得那一万字的检讨没有白写。

就在宁青河想要趁胜追击的时候，常馨月却告诉他，自己有喜欢的男生了。

这是当头棒喝，这是晴天霹雳。

宁青河知道这个消息的时候，整个人都是崩溃的，就好像自己辛苦照料的小白菜跑来告诉你，它马上要跟别人跑了，心情可想而知。

对方是一个喜欢玩魔方的男生，常馨月喜欢将小纸条放在里头给他。

因为这事，渐渐地，常馨月不再与宁青河联络。

宁青河觉得自己这辈子都会讨厌魔方，杀千刀的魔方。

后来初中毕业，宁青河没有再继续读下去，他去了亲戚的花卉租赁公司做事。

而常馨月跟那个玩魔方的男生一起上了高中、大学。两个人甚至毕业以后还在同一家公司上班。

他们情投意合，两情相悦，他们在一起了。

一次，宁青河工作的公司刚签了一个单子，派他将订好的花卉给人家送过去。就在这时他收到了常馨月给他发的 QQ 信息："宁青河，宁青河，他和我分手了，我找不到他人了，我该怎么办？"

宁青河一听，心立即就乱了，扔下手里的事就朝问到的地址赶去。

常馨月现在在另一个城市，宁青河当即买了最快的火车票。

可火车上人太多，他没有座位，人挤人，他在这列长长的火车罐头里没一会儿就一身汗臭味。

而到常馨月住的地方起码需要两天。

48 个钟头的时间，站得腿软的宁青河在火车上给常馨月发了一大堆安慰的话：

"你别担心，没事的，没事的。"

"你不要想太多，先好好睡一觉。"

“等我来，我来给你想办法。”

他想，这次他就去帮帮她。

他还甚至想好，见面时要给她一个怎样安慰的拥抱。

经过两天的等待，他终于到了常馨月说的地方。

宁青河给她发 QQ 信息：“我到你家楼下了，你快下来吧。”

他一边说着，一边想自己一会儿要借她卫生间洗个澡，不然自己身上味道太难闻了。

左顾右盼的宁青河在楼下等了半天，常馨月才慢吞吞下来。不过她好像没有让宁青河上去的意思，欲言又止了半天。

宁青河心里一咯噔：“怎么了？”

常馨月半天才告诉他：“我们刚刚和好了，不用你帮忙了。”

宁青河又问：“那他人呢？”

常馨月面露难色：“在楼上。”

宁青河看明白了她表情里的意思：“那我就不上去了，我还有事，就不打扰你了啊。”

最后宁青河说，他就是从那个时候开始，再也没有打听过她的消息。

这就是他说的尴尬经历。

我有些好奇他这段经历最后的结局，于是我问他这个故事还有没有后续。

他说有，说是有一次去原来读书的初中，他有碰到过一个老同学。

那个老同学跟宁青河说："我有关于常馨月的消息，你想知道吗？"

宁青河看着他："你和我说说吧。"

老同学说："关于她，我有一个好消息和一个坏消息，你想先听哪一个？"

宁青河连忙追问他："坏消息吧，坏消息是什么？"

老同学说："坏消息是，去年她老公发生了意外，她自己也染了很严重的疾病，两人分手，常馨月脾气因此变得古怪，据说因为治病，家里也没钱了，她搬到了海边的一处破木板房里居住，每次只要刮风下雨，屋子里头就没有个干净的地方。"

宁青河心一紧："那好消息呢？"

老同学说："我刚刚是骗你的。"

爱情战役

自从认识了一对天天闹分手的情侣慧慧和安南以后，我的朋友圈就变成了一个战场。

红方战士慧慧和蓝方大兵安南，经常以文章为武器，你来我往，斗得不可开交。

如果慧慧转发标题为《男朋友疼女友该知道的十件事》，就能看见安南转发《一个好女朋友应该怎么尽责》。

如果慧慧发文《怎么对付负心汉》，安南紧接着就是《如何反侦察女朋友》。

就这样反反复复，一天下来，他俩各自要转发几十篇类似的文章。

据说连他们俩的父母也毫不留情地拉黑了他们。

在和慧慧和安南认识将近一个星期的时候，安南带着女朋友请我吃饭。

虽然我不愿意当别人的电灯泡，但是听说那家店的火锅很好吃的时候，我就义无反顾地去了。

我不入地狱，谁入地狱，对吧？

吃到中途，大快朵颐，我却瞧见安南和慧慧的脸色越来越黑。

我一边伸筷子，心里一边嘀咕，这小两口儿不是要吵架了吧，我一会儿该怎么办？要不要劝架？怎么劝？打起来了我帮谁？

虽然脑子里思绪万千，但我还不忘从火锅里捞起两片羊肉卷。

安南的怒气值却在这时候积攒完毕，他先质问慧慧："昨天那谁谁谁是怎么回事，他发消息约你出去做什么？"

慧慧没有具体情况具体分析，而是跟安南讲了一大堆人与人之间信任的重要性。

安南当然不听。

慧慧冷笑："那上个月有个女孩跟你表白，你能不能解释一下怎么回事？"

俩人大眼瞪小眼，针尖对麦芒。

好嘛，这就是要开战了。

我第一个念头是，天哪，我的羊肉卷吃不成了。

第二个念头是，我到底怎么劝才能让他们俩和好。

但这种时候，为了防止双方暴起伤人，我肯定是要拉架的，不然打翻了还没吃完的火锅怎么办。

想清楚其中的利害，我只好无比惋惜地放下了羊肉卷，唉，感觉就好像放下了整个世界，真的。

我开始劝他们："情侣之间难免会出现一些小摩擦，大家只要把误会说清楚就好了，双方都道个歉，握手言和，好好吃饭。"

其实我当时最想和他们说的是，你们先不要吵架，让我再吃几口！

安南和慧慧几乎是异口同声。

"凭什么跟她道歉？她又不讲道理。"

"凭什么跟他道歉？那么大声，他居然敢吼我！"

啧啧，不愧是一对啊，就连吵架都这么合拍。

一言不合了，接下来就应该是一拍两散了吧。

两个人果然当场就嚷嚷着要分手。

周围的客人时不时地把目光朝这边看来，像是看两只斗鸡在奓毛。

这对情侣会扯头发吗？

这对情侣会挠脸吗？

他们会脱光衣服报复对方吗？

等会儿谁先糊谁一脸？

我看见一桌准备离开的客人，瞧见这边的情况又一屁股坐了下来，还朝服务员要了三瓶啤酒和两碟花生米，一副进了影院准备看大片的模样。

然而上面说的这些状况都没有发生，安南和慧慧只是别着头不说话。

这沉默的场面大概持续了三分钟。

咦，这是没有吵架了，对吧？我这羊肉卷可以接着吃了，对吧？

我小心翼翼地摸起了筷子。

慧慧却在朋友圈转发了一篇文章《不疼老婆的男人都不是好男人》，还配了一句琼瑶阿姨的金句："世上有两样东西最薄，纸张薄，人情更薄。"

好嘛，这两人估计又要开始斗文了。

这时安南也有了动作，我看见他迅速给慧慧发的这条说说点了赞。

好嘛，战争要开始了，我依依不舍地放下筷子，唉，我又放下了一个世界，真的。

人生在世，想要吃口羊肉卷都是这么艰难。

可我预想的世界大战没有发生，只看见安南自拍了一张自己的大脸。

我去翻朋友圈的时候，看见了他给这张图的配文 ：“瞧这脸皮，不薄了。”

慧慧一直盯着手机，刷新后看见这条说说，顺手点了个赞，那张傻乎乎的大脸照片让她噗的一声笑了出来。

剑拔弩张的气氛瞬间就消失殆尽。

慧慧跟安南坦白说 ：“昨天约我那男生的确对我有意思，但是我直接拒绝了他，我们没有暧昧，没有多交流，你就把心放肚子里吧。”

安南一听气就顺了，喜笑颜开 ：“你早这么说不就完了，宝贝，我最爱你了。”

说完他在慧慧的脸上狠狠亲了一口，嗯嘛。

慧慧继续说 ：“你要是还不高兴，回头就上我号拉黑他。”

安南嘿嘿一笑 ：“不用了，看完那信息我就把他送进黑名单了。”

接着安南和慧慧相互依偎在一起，幸福美满，一点也没有刚才发生过大战的模样。

我在一旁看得目瞪口呆，你们这样就好了？

你们刚刚是在喝交杯醋吧！

我刷新一下朋友圈准备感慨一番，看见慧慧又开始在朋友圈转发文章配一句话 ：“愿得一人心，白首不相离。”

安南紧随其后分享，并附上了情话 ：“执子之手，定能与之白头偕老，天长地久。”

这是多么温馨甜蜜的一幕啊，深深地感动了我，于是当晚我就屏蔽了他们。

我真的是头回见到这样的情侣，我觉着他们上辈子肯定是仇人，不知道缺了多大的德，今生才要拼命折腾对方。

为了压惊，我喊来服务员：“请再给我一盘羊肉卷。”

刚刚的事，我算是看明白了，这两人吵架了根本不用别人劝，自己就能好。全程下来没别人什么事，就当他们是在自娱自乐琼瑶剧吧。

而我要珍惜眼前和当下，消灭羊肉卷。

说到我是如何认识安南和慧慧这对奇葩情侣的，要从我读完大学那年说起。

那一年我刚毕业，找了一份文案的工作，每天上下班。

而安南和慧慧就住在我对面，我一打开窗户就能看到他们家的厨房。

当时我们都只是离得比较近的陌生人，他们给我最深的印象有两个。

一个是我下班回家的时候，他们家的饭菜特别香。

另一个就是他们经常吵架，不过我从来没有听见过他们砸东西的声音。

他们不像很多脾气暴躁的情侣，一吵架就砸电脑手机，砸身边一切能砸的东西。

相比那些愤怒的恋人，这真是一对会省钱的情侣啊，会过日子。

本来我人生地不熟住在这里，也没想过上门跟人家打个招呼。

我和他们会有交流完全是因为有一天我没了开门的钥匙。

我这个人记性不太好，老是把钥匙忘掉。

那天傍晚，黄昏美如画。

我站在门外，摸遍了所有口袋。

妈蛋，我的钥匙呢？

我使劲回想了这一天的经历，但就是想不起来自己的钥匙，到底是掉了还是在房间里。

没办法，只能撬锁了。

我去附近的一家小超市买了一副扑克牌，企图撕成长条条塞到锁孔里。这样只要顶住锁里头的开关就能把门打开。

撬锁第一分钟，有个大妈在远处看我，我一望过去，大妈立马逃开了。

我真想冲她喊，我不是小偷。

撬锁第十分钟，有个妈妈带着孩子路过，一看见我，抱起孩子拔腿就跑。

我真的不是小偷！

又鼓捣了半天，感觉背后不对劲，我转过身一看，发现对面厨房里有一男一女在看着我，手里还拿着一袋瓜子。

瞧那架势，已经盯了我很久。

我讪讪地朝他们说："其实我住这儿，只是我的钥匙掉了，只能想办法撬开。"

我弱弱地又加了一句："我真的不是在偷东西。"

这一男一女就是安南和慧慧。

他们在这个地方住了一年多，两个人都在附近工作。

这两人也是自来熟,见被我发现,就一边嗑瓜子一边给我打气。

也不记得后来是慧慧还是安南说："你别弄了，先上我们家吃饭吧。"

我空瘪的肚子立马答应了他们，去去去，马上来。

于是从这次撬锁事件开始，我就和这两人成为了朋友。

相互熟悉以后，我还给他们俩取了外号，安南叫作气罐，慧慧叫作炸药包。

两人经常一点就着。

不过令我惊奇的是，他们俩吵架从来不打架，也不会谁也不理谁。

更像是一场辩论比赛。

争执起来的时候，两人口若悬河，滔滔不绝。

有一次我好奇，就问他们：“你们天天吵架，不怕影响感情吗？”

他们认真地跟我说：“我们一开始的时候也生对方的气，认为对方不爱自己了，但后来发现吵架只是吵架，更多是因为我们观念不合，跟我们的感情无关。”

我继续问他们：“那你们吵完了怎么办？”

安南说，他们不想让感情受到这种事情的影响，干脆将吵架当成一场比赛，而且两个人一定要分个输赢。

这好像跟我想象的不太一样，分输赢不就影响感情了吗？

慧慧仿佛看出我在想什么，她说：“我们的输赢是这样定的，谁吵架吵输了就要接受另一个人给的惩罚。”

安南输多胜少。

从睡沙发到睡地板，只穿着裤衩就被慧慧赶出家门。

从洗碗到洗衣服，所有的家务都被他承包。

这让我经常听到安南满屋子的大叫：“又输了又输了，这日子没法过了！”

但说完话，安南会老老实实去厨房做好晚餐。

后来我才知道安南和慧慧两个人在一起并不容易。

两个人是大学校友，毕业以后，回到了各自的城市。

他们当时感情最大的阻碍是两座大山——父母和异地。

父母阻碍的理由无非就是那几种，隔得太远，经济条件不是很好。

异地也不用说，男女面对面在一起都会出现隔阂，更不用说相隔甚远了。

而且就是因为距离太远，一方稍微胡思乱想就会造成感情的破裂。

未来两个人到底该何去何从的话题讨论过很多次，为这个问题，他们吵了好几次架。

最厉害的一次，两个人冷战了一个月。

最后慧慧和安南和好的时候，安南说："我们不能再这样下去了。"

慧慧问他想怎么做。

安南说他要过去找她，和她在一起，让异地恋见鬼去吧，不管未来发生什么事情，不管以后自己遇见什么困难，都要和她，和这个叫慧慧的人在一起。

没多久，安南就来到了慧慧的城市。

他在这里租好了房子，找了一份工作。

很多人都劝他："你跑那么远做什么？又辛苦。"

安南说："我做梦都想和她在一起，我不是什么能人，但我现在能做好的第一步就是离她更近一点。"

安南还给自己加油鼓劲："我一定能行的，我一定会和她在一起。"

安南最初没有告诉慧慧自己来到了她的城市，因为他想自己工作稳定下来后再给她一个惊喜。

慧慧是多细心的人啊，没要多久就发现了他的秘密。

慧慧二话不说也从家里搬了出来，和安南住在了一起。

他们从此就幸福美满地生活在了一起？这只是个童话。

现实生活里因为工作上的不顺心，还有两人在同居过程中发现对方的缺点和不同观念，导致两个人经常吵架。

越吵越凶。

他们会因为一些鸡毛蒜皮的小事吵架，丁点大的事，他们也能吵得不可交，冷战，各睡各的。

他们会相互质疑感情已经变质，对方已经不再爱自己。

也许还冒出过就这么结束这段感情的念头。

但他们明白得早，发现吵架不会解决任何问题，还会影响到他们来之不易的感情。所以他们就决定用一种比较有意思的吵架方式来结束吵架。

要知道感情不仅仅是一个人的，而是两个人日日夜夜的思念和爱创造出来的。所以好的感情要想不变得糟糕，就需要两个人的不断维系。

我爱你，所以我可以为你做任何事，赴汤蹈火。

我爱你，所以我愿意为你变得强大，无所畏惧。

其实说白了，恋人们相互之间能图个什么？无非就是能和相爱的人一起白头偕老，能给对方一个长久的拥抱。

我相信安南和慧慧以后即使在一起一辈子，一样还会吵架。

一辈子那么长，难免有磕磕碰碰。

但他们很难再分开，因为他们适应习惯了彼此。

以后你的爱人要是和你吵架，严重到分手的地步，你一定要想想你们相爱了那么久，能原谅的事情就不要选择放弃。

你们一起想想办法解决这个问题。

一辈子在一起的确是件难事。

但仅仅因为吵架分手，就未免太过可惜。

而且不管怎么吵架，你即使赢了，一点也不牛 × 。

即使是路痴，也有人带你回家

作为一个路痴，我有一个路痴朋友。

他叫杨文。

对于我们俩来说，每天不小心走远一点，就好像发现了一个新的世界。

对，不用怀疑，我们就是新时代的哥伦布，迷起路来，能绕地球三圈。

我和杨文是读高一的时候认识的，当时这二货和我一个班。

要说到我们深厚的友情是从哪里开始，那得从地理那门课说起。

当时给我们上课的地理老师是一个身高一米九的大汉，本来应该长相威武的他，因为脸圆体胖的缘故就显得憨厚好欺负。

他姓张，我们背地里都叫他张土豆。

因为我们两人的地理试卷总是不及格，所以我和杨文都是张土豆老师眼中的毒瘤。

有次月考，我和杨文都考出了全班最低分的“好成绩”，发卷子那天，我们被张土豆在教室里点名批评。

于是张土豆老师顺理成章成为了我们经常嘲笑的对象，他也总是在课堂上批评我们成绩差。

他对我跟杨文说得最多的一句话就是：“你们不是拖后腿，你们分明就是全班的后腿。”

然而每次批评，我脸皮不够厚，还是会觉得惭愧。

而杨文不觉得有什么，总是扬言等毕业后就要去揍他，到时候打完人，拍拍屁股一走，谁也找他不着。

后来我们上高二高三，地理课换成了别的老师。我们碰到张土豆的机会就少了。

直到高三毕业那年，正是晚自习，因为都要走了，所有学生都闹哄哄的。

当时监督纪律的老师正好是张土豆。

那会儿有个学生喝醉了酒，公然挑衅张土豆，想让他丢个面子。

张土豆劝了几句，没想到对方还跟他动起手来。

张土豆恼了，一巴掌扇过去，那学生就跟圆木头似的在地上滚了好远。

杨文当时就蒙了，看着这人形坦克的生猛一幕，战斗力超过一万啊，我悄悄问杨文：“你还要揍他吗？”

杨文使劲摇头：“本来以为他张土豆是熊猫，没想到他居然是一只功夫熊猫。”

此事作罢。

我们就高中毕业了。

普普通通。

没有跟人早恋过，也没有当过成绩优异的学生。

没有跟漂亮的女同学早恋成了杨文心里最大的遗憾。

我觉得这是因为他的身体在蓬勃发育的缘故，只要是女的，他就会产生生理反应。

但杨文和我说他要的不是整片森林，他只想要一棵树。

可一棵完全属于自己的树，哪有那么好找。

未来可是有几千万男人要打光棍。

杨文的家里也不再支持他继续上学，说就这成绩，读了也浪费。于是分数还没出来，杨文就去了长沙。

他找着工作以后，我们见面的次数就少了。

为了让革命友谊不至于变得陌生，他偶尔会邀请我过去玩。

有一次我接受邀请，他在电话里说，长沙地方太大了，他都不敢出门，生怕走远了回不来。

我以为他是在和我开玩笑。

于是在车站下车后，就在他后面跟着走。

半个钟头以后，我们还在路上。

当时我提着一个大袋子问他：“你老实告诉我还有多久到你那儿？”

他一直说快了快了。

直到两个钟头后，他才心如死灰地告诉我：“看地图吧，我们迷路了。”

后来，还是打车才找到回他那儿的路段。

我毫不留情地嘲笑他的路痴。

到我读大二的时候，礼尚往来，我也邀请杨文到我学校来玩。

只是中途，他为了找对路，给我打了十几个电话询问地址。

我又一次毫不留情地嘲笑了他。

我的学校是在郊区附近，附近有一些村庄。

我领着杨文出去逛几圈回来时路过一个村口，我还从来没有进去看过。

我问他的意见：“要不，我们进去瞧瞧？”

他同意后，我们一边走一边说着自己的近况，相谈甚欢。

杨文突然告诉我，他在长沙找着了一棵树。

我没反应过来，什么树？

他说那树身高一米六八，长发，小学老师。

我这才明白那树是形容一个姑娘："那你吊上去了吗？"

杨文笑得跟个猪头似的："快了快了，等我升职那天就跟她表白。"

我正准备跟他探讨泡妞三十六计，却总感觉哪里不对劲。

直到杨文问我："老乔，我们该回去了，我晚上还要坐火车。"

这下我终于知道哪里不对劲了，额头上的汗一下就冒了出来，但我还是故作镇定："不急不急，不是还有四个钟头嘛。"

结果就是我领着他在村子里头走了三个钟头。

这也许就是我嘲笑杨文路痴的报应吧，让我忘了自己也是一个路痴。我终于心灰意冷地告诉他："我也迷路了，咱们想想别的办法吧。"

最后在杨文和我快累瘫的情况下，才找到了原来的出口，杨文艰难地跟我说："我不知道地球是不是圆的，但我敢肯定这个村子一定是圆的。"

我心想，完了，完了，杨文肯定要毫不留情地嘲笑我了，一世英名全毁了，可是没有。

他只是说了一句，他要回去找那棵树了。

说话间，他又笑得跟个猪头似的。

果然，处于恋爱中的人，基本都是智商低下。

而杨文要去找的那棵树，叫何夕。

他们认识的过程我称为迷之相遇，迷路的迷。

当时杨文坐反了一趟车，中途还睡了一觉。他醒来的时候，两眼茫然。

他使劲掐着自己的大腿：“我他妈又找着了一个新的世界！”

但新世界再好也不如自己的狗窝啊，为了回家，杨文开始向路过的人问路。

“哎，大爷，请问……”

话还没有说完，大爷连连摆手，使出一招炉火纯青的太极：“我不知道，我不知道。”

“大妈，大妈，你……”

大妈看了他两眼就走了。

杨文满腹牢骚：“喂，喂，你们好歹也听我把话说完啊，这社会真是冷漠，连个好心人都没有。”

他不禁跟老天大喊：“谁带我回家我就嫁给她。”

这时候第一位好心人出现了，是一个大叔，给他指了段路：“你往那儿走，左转。”

杨文小声自言自语：“老天爷，老天爷，我刚刚说的话不算数。”

左转以后，第二位好心人出现了，是个姑娘，她叫何夕。

凑巧的是，两个人的住处在同一条线上，她可以带杨文一程。

杨文又开始在那小声自言自语：“老天爷，我刚刚说的话还是算数吧。”

在回去的路上，杨文通过聊天知道了这个姑娘的名字、住处以及职业。

当然，身高一米六八和胸围36C都是他目测出来的。

最后走的时候他要了她的电话号码，说是周末请她吃饭。

周末转眼即至。

杨文跟何夕碰面了，两人准备去一家自助餐厅吃晚餐。

地方是何夕挑的，六十八元一个人，不贵，而且好吃又实惠。

到了门口，杨文一脸兴奋地和何夕搭话：“这地方我以前迷路的时候来过。”

何夕扑哧一声：“哈哈哈哈哈哈，你个大路痴。”

杨文为了挽救自己的形象，果断将我卖了出去，他说：“就我这还算好的，我有一朋友，高中那会儿地理考试考过十分，他现在啊，比我还不认路。”

何夕思考了一番，提出的问题一针见血：“那你当时地理考多少分？”

杨文顿时哑巴了。

何夕看着他那傻样，忍不住又笑了起来：“哈哈哈哈，你真笨，把自己给坑了吧。”

杨文看着她的笑容，这一刻他觉得面前的姑娘是全天下最好看的女孩。

有一句话叫什么来着，窈窕淑女君子好逑。

何夕见他老盯着自己就问："你看什么？"

杨文说："我看你笑得真好看。"

每个人的感情故事也都是从这种相遇相识开始的。可能是机缘巧合，也可能是缘分。

虽然最后的结果怎样，我们都没办法预料。

我们永远没法知道未来是好还是坏，会不会按照我们所期盼的那样走。但所有开头都是美好的，我们也希望这种美好能够一直美好下去。

杨文这应该算是恋爱了,恋爱是青年男女之间常患的一种"病"。

杨文也觉得自己有病，矫情指数起码提高了两百五十个点。症状就是只要喜欢上了一个人就会越来越喜欢。

你要是问他喜欢的缘由，他会跟你说喜欢何夕的端庄大方，喜欢她的善解人意和笑容。这种理由他能找出一万个。

此时此刻，她就像是一朵花，开在了杨文心里。

但是他从来不敢表白，因为他只有高中学历，因为他没有好工作。他的内心有一些自卑。

所以当他来学校找我的时候，他说他找着了一棵树。

我问他有没有把自己栓在那棵树上。他只是说快了快了，等升职了就会去跟何夕表白。

其实这只不过是他不敢面对现实的借口罢了。

随着相识的时间越来越长。

两年了。

新闻里的母猪都能上树了，杨文跟何夕的关系居然还只是朋友。

我作为旁观者都为他着急："你要是不敢表白，就让我来帮你说。"

杨文说："不行，要是说出来，和她连朋友都没得做了怎么办？"

我无奈地叹气，就是这种担心不知道拆散了多少本该在一起的情侣。

我告诉杨文："迟早有一天你会后悔你不跟何夕表白的，这爱情的火柴啊，你不去试着划两下，怎么可能会出现火花。"

至今，杨文一直是以何夕朋友的身份自居。

杨文的邀约，何夕除了忙的时候都会欣然前往。

刚认识那会儿杨文装作开玩笑问她："老出来跟我逛，男朋友不会生气吗？"

何夕回答："没有男朋友，以前倒是有过一个，但是他讨厌小孩，也讨厌和我独处的时间少，就跟我分手了。你知道的，老师天天要备课要上课，晚上下课都很晚了，就连约会的时间都没有。"

今天杨文跟何夕见完面，就用 QQ 咨询我的意见："你说她对我有没有好感？"

我敲着键盘："肯定有，不然她搭理你干什么。"

杨文有些不确定地说："要是她真的只是把我当朋友怎么办？"

我怒斥他的软弱："你一大男人，你自信一点行不行啊。"

杨文支支吾吾。

我继续问他："那你准备接下来怎么办？"

杨文说："她晚上放学后回家比较晚，我想去接她。"

我说："你知道你即将进行的行为用你经常看的小电影来形容叫什么吗？"

杨文："英雄？"

我说："不，是痴汉。"

杨文给我连发了三个白眼。

几天以后，不出我所料，让杨文后悔的事情发生了。

一个星期五的下午，杨文有假，他想着何夕今天下班也会很早，就想去她学校接她。

一路上，他老在思考等会儿要怎么说话才合适，结果到了之后发现何夕不在学校。

听她的同事说，何夕今天请假了。

杨文问何夕的同事："她去了哪里？"

何夕同事说："好像去相亲了，她家里安排的，不得不去。"

杨文慌了赶紧给何夕打电话："你现在在哪里啊？"

何夕说了一个地址，一个以情感为主题的餐厅。

杨文更是纠结，这地方明摆着就是相亲的地方啊，杨文有些后悔没有听我的意见了。

但事已至此，他只能去看看了，没准双方都没对眼呢。

一边心里安慰自己，杨文一边赶去那个情感餐厅。

结果悲剧发生了，杨文在这时候迷路了。

难道这是上天注定，他越想越失落，越想越难过。

他一个人站在大街上，当时他有两个选择，一个是离去，另一个是联系她。

傻站了半天，他终于还是给何夕打了电话，他几乎都带上了哭腔："我又迷路了，我找不着你了。"

后来何夕一问，发现他其实离自己没多远，她二话没说就出去找杨文了。

随后，何夕拉着杨文去了那家情感餐厅。

何夕妈妈和一陌生男人坐一块儿。

杨文跟何夕坐一块儿。

场面一时之间有些沉默。

还是何夕的妈妈先说话："这个小伙子是？"

杨文哆哆嗦嗦开口："丈……丈母娘，你好，我……我叫杨文。"

何夕的脸让这句话给染红了，她在桌子底下踢了他一脚："笨蛋，你说错话了。”

杨文没反应过来："哪里错了？我没说错啊，不是，丈母……娘……吗？"

声音越说越小，他终于也意识到哪里不对了，脖子以上腾地一下红了。

那个被何夕妈妈带来相亲的男人看到这一幕，默默离开。

相亲结束后，杨文问何夕："你这么优秀漂亮，怎么跑来相亲了？"

何夕没好气地说："你以为我愿意来啊，我两年了都还单身，我妈着急我结婚就给我安排了，不来不行。"

杨文心中的石头落了下来："原来是这样。"

何夕仔细一想："不对啊，你今天是来找我的对吧，你为了找我都迷路了对吧，你那么害怕我跟别人相亲，是不是喜欢我啊？"

杨文支支吾吾了半天，终于承认了这件事。

何夕告诉杨文，要不是为了等他，她才不会单身两年呢。不过以后时间要是太长，她也只能听父母的安排和别人结婚了。

有些事情可能真是老天安排吧。

后来何夕问杨文："如果那天你不给我打电话，是不是就放弃我了？

杨文："可能吧，还好你出来找我了，把我这个迷路的人领了回去。我现在啊，都后悔死了，如果一开始就勇敢一点，就不会白白浪费两年时间了。”

所以杨文庆幸自己那天选择的不是离去，而是联系。

多危险啊，他差点就失去她了。

虽然这事略有波折，但结局还算圆满。

杨文跟何夕宣布恋爱关系以后，很快又宣布要结婚。

他们的感情就跟发射火箭似的，噌噌往上飞。

杨文还特地买了个摩托车，每天晚上去接何夕回来。

当她抱着自己的时候，杨文仿佛感觉自己是一个骑士。

而何夕就是她今后要守护一辈子的人。

新婚晚上，杨文如愿以偿地搂着何夕。

何夕娇羞地问道：“你还有什么话要说吗？”

杨文一本正经地跟她说道：“我遇见你的那天，我目测到你有36C，果然没有认错。”

新娘子恼羞成怒，一巴掌拍熄了墙壁上的灯。

自此，杨文在这座城市里找到了一棵专属于他的树。

这棵树，一米六八，长发，还是小学老师。

如果说城市就是一片有着无数迷途的森林，建筑在里头错乱地生长，我们需要靠识别周遭的环境来找到正确的方向，靠找到另一半来告诉自己不孤单。

我想我能理解杨文对于找到一棵属于自己树的执着，也能理解他缄默了两年不敢表露心声。

要记住的是，耗时良久不算可怕，可怕的是自己永远不敢去做出选择。

还好，他为时不晚。

即使你是一个感情里的路痴，我们一定会遇到那个送我们回家的人。

所以无论我们迷路多久，都要记得，不要错过那个对的人。那是老天看你太蠢，赐给你的缘分。

遇见以后就勇敢抓住它，否则你下次迷路的时候，没准就碰不见对方了。

那才是我们人生中最大的遗憾。

水到渠成的爱情

有一阵子我很热衷于跟女朋友打游戏。

可是她的层次比我高。她是白金段位，而我在白银最底层。如果用珠穆朗玛峰来形容的话，我的水平在山脚，她的水平在半山腰。

她不爱跟我玩，每次她杀人头我送人头的时候，她就会大吼，你还是不是男人，你怎么连个女人也比不过。这些话完全伤害了我要强的自尊心。

为了挽回面子，我厚着脸皮拜了一个段位是最强王者的玩家——大刘，做我的师傅。

我也没有别的要求，只要让我当家做主把歌唱就成。

大刘当时拍着胸膛承诺，这个绝对没有问题。

然而在之后的一局游戏里，大刘打残一个敌方后在语音里指挥我，你把他弄死看看。

没有问题，看我的大招，我一个闪现进塔，一个枪出如龙，咦，我怎么被定住了，咦，屏幕怎么灰了。

我尴尬地解释，刚刚是我网速卡……网速卡，再来一把绝对不会跟刚才一样。

大刘叹了口气，你之前说的条件有些困难啊，要不你换个游戏吧。

我脸色难看，换你大爷啊换。

我倒是想和她扫雷连连看，可是她不来啊怎么办。

在我细数多条和姑娘不能在一起玩会导致的状况时，大刘泪流满面，对我说，请放我们单身狗一条出路。

随后，大刘就消失了两天。

这令我气愤不已，就算你不想带我玩，也不能这样走人啊。

因此当大刘再次出现的时候，我问他，你这几天上哪里去了？我胜率从 40% 降到了 30% 你知道吗？

大刘不有些不好意思地回答，我这几天都在助人为乐。

我觉得事情有些蹊跷，什么助人为乐要花两天？

大刘一本正经说道，我帮人家忙只花了两个钟头，但为了和她建立起联系才用了两天。

我继续问他，什么联系？

大刘继续回答，就是怎么再一次跟人家搭讪和要到人家电话号码。

原来大刘是春心萌动了啊，我有些好奇他成功了没有，就问他，那你搭讪成功了？号码也要到了？

大刘发过来一大段语音。是的，你不是经常写爱情故事嘛，这方面你肯定有经验，你是师傅，你得帮帮我。

啊哈，终于遇到一个某方面段位没我高的人了。

经过大刘的形容，那姑娘年纪与他相仿，短发，笑起来特别好看。

我感叹了一句，按照这个标准，满大街都是好看的人啊。

大刘想也不想就补充，那她也是大街上最好看的人。

大刘已经被人家姑娘迷得七荤八素，完全不讲道理了。

我无奈地问他，那你想和她怎么着呢？

大刘在语音里大喊，我要跟她恋爱！我要给她生小孩！

啥，你要给人家女孩生小孩，就连说话都有点语无伦次了，爱情果然有一股伟大的力量。

不过跟对方初次相见就有了不良企图，这事有些难啊。

要不，你换个熟一点的对象吧？

大刘表现得很坚决，换你大爷啊换。不行不行，我就喜欢她，我就认准她一个。你就跟我说吧，第一步要怎么做？

见我半天没开口，大刘质疑地问我，你到底行不行，能不能给个招啊。

我怒极，就算我没有很多追女生的经验，难道我还没看到过别的猪跑吗。

我告诉你追女生就要看猪往哪里跑。

呸，说错话了。是要看人家女生心里有什么需要，有的姑娘心里需要温暖，有的姑娘心里需要同道，有的就是需要一个懂她的人，在知己知彼的情况下，也许你一个怜惜的眼神就能搞定了她。

这样你才能一击即中，大获美人归。

我继续说，这是你的人生大事，得徐徐图之。你知道不，这找对象啊，不亚于人生的第二次投胎。

同时我搜刮着脑袋里关于追女生的资料，给了他第一个建议。不能先和人家告白，你得先跟人家做朋友，最好是发展一个共同的爱好，经常沟通经常玩，这样成功的几率会增加不少。

大刘被我说得一愣一愣的，他听完后恍然大悟，我这就邀请她和我一起打游戏！

我连忙发一句，不是这样发展爱好，你听我说……

可是大刘又消失了，嗯，火急火燎地去找人家姑娘打游戏了。

几天以后，大刘才重新出现。

你和那短发妹怎么样了？我问。

大刘信心满满。我已经踏出了成功的第一步，我已经把她邀请到我的战队了。

那一天大刘去找短发妹。

短发妹看见他一愣，你怎么来了？有什么事吗？

大刘神色郑重，我有一个事情想告诉你。

短发妹其实是个很漂亮的姑娘，所以经常有人跟她告白。

这人不会也是来告白的吧，短发妹心里想。

大刘问的却是，有没有兴趣加入我的战队，一起打游戏，我段位可高了，能带你飞。

短发妹古怪地看着他，原来不是来跟我表白的，这人真奇怪啊。

短发妹好奇地问，你那战队是什么情况。

大刘兴致勃勃介绍起来。我们有几个人，都是平时玩的比较好的，每个人都有自己擅长的角色，所以大家都有一个与之相配的外号。玩蜘蛛的叫蜘蛛侦探，玩小鱼人的叫鲨鱼辣椒。

短发妹问，那你的外号呢？

这么一问，大刘变得扭捏起来，我的外号是车轮滚滚。

短发妹有些好奇，怎么叫这个，你玩的什么？

大刘半天才说，跟我玩的角色没关系，主要是因为我胖，所以才有了这个外号。

短发妹笑了笑。你们也是搞怪啊，用《铁甲小宝》里的人物作称号，幼稚死了。

短发妹最终加入了他们。

我也时不时地和他们一起开局。

不过后来由于大刘带了一个坑货我，和一个新手妹子，游戏开始输得一塌糊涂，大刘却照样乐此不疲。

像我姑娘说的一样，只要和喜欢的人在一起，不管做什么都会感到高兴。

一段时间以后，短发妹和大刘成为了朋友。

我时不时地会问他，你决定在什么时候表白呢？

大刘摇摇头，现在这样也不错啊，不告白还能做朋友，告完白，可能连朋友都做不成了。

可是喜欢一个人怎么会满足只做朋友呢？

大刘这人就是少了一点勇气。

我教育他，表白这种事当然得男生来啊，难道还让人家女生主动。女生都是面子薄，如果真的不喜欢你，怎么会跟你一起打那么久游戏。

大刘说，可是……

我继续同他讲道理，打游戏也就算了，你还给人家取那么难听的外号。她那天不是寻思着自己也应该有个外号叫卡布达吗？你们非得喊她呱呱蛙。

大刘说，可是……

我打断他，你知不知道西方哲学家费尔巴哈曾经说过，人没有对象，就没有价值。

大刘不确定地说，你确定这句话是这个意思？

我语音又发了过去，谁在乎这个啊，能鼓舞到你就成。

大刘支吾了半天，才说，那第二步怎么走？

我问他，你约她出去过没有？陪她逛过街没有？请她吃过饭没有？

大刘说，这些事我都干了，可是没有什么用啊。

我若有所思，你是说你每次约她，人家都答应了？

大刘傻傻地说，是啊，怎么了。

单独一人？我又问。

是啊。大刘又说。

我恨恨地说道，我怎么就碰上了一个情商这么低的猪队友，人女孩要是对你没好感，会同意跟你约会吗？

大刘愣住了，你是说那是约会？

直到这时候我才明白，为什么那么多合适的人，成为情侣那么晚或者错过。

完全就是因为有一方情商太低。

我说了半天，大刘还是没敢，他说再看看情况，没准是我想错了人家短发妹的意思。

后来我把这事告诉了蜘蛛侦探和鲨鱼辣椒，我们一商讨，想了一个办法。

那一天，我们五个人打游戏，大刘跟短发妹一路。

我在信息框里发了第一条消息：开始。

蜘蛛侦探和鲨鱼辣椒紧接着发了第二条第三条信息：大刘不想我们挂机的话，答应我们一件事。

大刘蒙了：什么事？你们要干啥？

我们一同：你跟人家姑娘表白吧，不表白我们就挂机。

大刘：……

我们：你说不说？

大刘终于表白了。

短发妹潇洒地回答，我早就知道了。

大刘问她，我这么胖，你会喜欢我？

短发妹说，经常有人给我表白，长得比你好看的也有，可是没有一个能让我有安全感。

大刘欣喜若狂。

我们也没想到这事这么快就成了，看来只要是相互有意思，一捅破窗户纸，事情就会变得容易了。

我和其他两人说，好了好了，我们接着玩吧，一定要打爆对面。

大刘，你说……我话还说完，系统提示：大刘退出游戏；短发妹退出游戏。

这杀千刀的两人竟然扔下我们去约会了。

蜘蛛侦探和鲨鱼辣椒特别难过。

我问他们，你们怎么了？好朋友找到对象了应该高兴啊。

听到这话，蜘蛛侦探和鲨鱼辣椒泪流满面，我们也想找女朋友，我们也想去约会。

我看了一眼大刘他们挂机的游戏角色，也有些想我的女朋友了。我玩什么游戏啊，我不是傻吗？我也要去找我姑娘约会！

于是他们两个人又收到了一次系统提示：你的队友唐僧搬砖退出游戏。

大刘终于如愿以偿地追到了短发妹。

为了让爱情长久，大刘渐渐将重心从游戏放到短发妹的身上。

共同生活的基础靠游戏可砌不起来。

偶尔玩游戏时看到大刘上线，问他和短发妹过得如何。

大刘说很不错，为一个女人奋斗的感觉很好，尤其想到以后会和她组成新的家庭，会有孩子，就感觉自己的生活特别充实。

大刘是一个幸运的人。

但还有更多的痴男怨女觉得自己追求的对象很难倾心于自己，不知道对方为什么总是要给自己设下无数难题。

所以当他们陷入爱而不得、进退两难的境地，总是感叹获得一份爱情太难。

其实俘获对方的心并不需要满足那么多苛刻的条件。

此刻，或者将来。

如果你也喜欢一个人的话，不要先去想怎么追到对方。

你得先知道对方喜欢不喜欢你。

只要对方也中意你，两人情投意合，一切都会水到渠成。

一个永远不会放弃你的人

心有所信，即有所仰。每个人打心里愿意去相信的事，就一定会心甘情愿去期待，并为之努力。

你呢？你相信什么？

我相信这世界上一定会有一个永远也不会放弃你的人。

无论生老病死，无论贫困疾苦。

早上醒来，发现时间还早可以再睡一会儿。

只是再过几个月我就要满二十四岁了，感觉时间就如同泼在路面的一盆洗脚水，说没就没了。

而晚上的夜空繁星明亮，我想明天的天气肯定会非常好，刚刚在散步的马路上，我还碰见了从小到大的一个玩伴，和他聊了半天。

分别时，玩伴和我聊的最后一个话题是："那些年我们单身的时候都在做些什么？"

我觉得这个问题的答案不用想，肯定是活得干脆，心里没有特别想念的人，也没有纠缠不清的感情。

生活没有出现那么多的麻烦，我们依然勇敢无畏。

我们一起骑着自行车沿着小镇的马路往前冲，一起躺在白云飘过的草地上，小日子简直舒坦死了。

周末时再邀上三五好友，一起翻过几座山头，去到最高的那座山的山顶上，俯瞰所有目光能及之处。

那时候的远方真的离我们好近啊，沿着那条傍河的公路，弯弯曲曲。

少年们骑着单车，成群结伴，就能够骑到尽头。

可即使生活得这么惬意，我们之中还是出现了一个叛徒！

他叫许书源。

小学六年级的时候，他结婚了。

但关键不在这里，关键在于我当时连女同学的手都没摸过！

我的心愤愤不平！

当然，这件事只有我、许书源、周黑鸭，还有冯雪四个人知道。

整个事情的来龙去脉也要从这个叫冯雪的女孩说起。

许书源和她的关系本来只是普通朋友。

有一次隔壁班的一个叫徐奉宇的坏学生从冯雪身后经过，他看见她脖子后面系着一根绳子。

当时徐奉宇不知道这是女孩子穿的文胸，觉得有意思，就一把扯住往外拽。

冯雪当时就哭了。

许书源看见后冲了过来，照着徐奉宇的脸就是一拳："你怎么能欺负女生？"

紧接着徐奉宇就跟许书源扭打在一起。

后来两个人都被班主任带到了办公室。

班主任表情很严厉："你们为什么打架？"

许书源解释："他欺负我们班的女生，还扯女生衣服里的绳子。"

班主任一愣："什么绳子？那叫文胸，男孩子是不能扯的，不然就是小流氓。"

不过长大后我才知道，男生并不是不能扯女孩子的文胸，只是她首先要成为你的女朋友，还要经过她的同意，否则就是罪大恶极。

最后结果是许书源无罪释放，徐奉宇被当成小流氓在办公室被班主任劈头盖脸地教育。

因为这事，冯雪和许书源成为了好朋友。

再后来安排座位，冯雪成为许书源的同桌兼书友。

她同时也是我们大家的生活委员。

这一职位通常都是由女生担任，因为她们细心。

当时学校的早餐是蛋糕和馒头交替，再加一碗热粥，生活委员的权利之一，就是安排端送人员。

可关键也不在这里，关键在于我从来没看见许书源被安排过！

我的心愤愤不平！

心里想着有一天换班主任，然后将生活委员这一重任交给我。我一定不会徇私枉法，肯定天天安排许书源跟冯雪去学校食堂端馒头！

没过多久，班主任真的换了，原因是班主任回家生孩子去了，但是班干部全部照旧。

新来的班主任是一位三十多岁的男人，白白净净，就跟古代的书生一样。

对了，他还当了我们的语文老师。

可能是有点文艺的关系，他跟我以前见过的老师不一样。

比如在我们午休的时候，以前的班主任是让我们尽快休息。但他不是这样，他收藏了特别多的磁带，中午的时候他会提前带来他的录音机，然后放当时的流行音乐给我们听。

有时候放周杰伦的《夜曲》，有时候放光良的《童话》，还有周传雄的《寂寞沙洲冷》，放完一首才让我们睡觉。

我们特别爱这事。

许书源还是周传雄的粉丝。

后来新班主任就安排生活委员冯雪每天去办公室拿收音机还有磁带。

我和周黑鸭为了听到喜欢的音乐，也和冯雪成为了朋友。

之前说过冯雪和许书源还是书迷，每次下课的时候，他们俩都会凑在一起看各种课外书。

他们是全班除了我之外，最喜欢看书的两个人。

但由于两颗小脑袋挨得太近，同学们就经常起哄他们在早恋。

两个人为了避嫌还特地约法三章说不能再一起看书，可是没过多久他们又照旧了。

有一次我去问冯雪借《安徒生童话》，她居然说要等和许书源看完了才能借我。

我取笑她：“你不怕同学说你们早恋？”

冯雪脸一红：“让他们说去，都是些婆婆嘴，喜欢风言风语。”

许书源也红着脸：“就是，个个跟大喇叭似的。”

于是，调侃许书源和冯雪就成为了我跟周黑鸭的学习日常。

他们俩的关系没有破裂，反而更融洽了。

期中考试结束后，老师给同学们调换座位，我跟周黑鸭坐到了许书源和冯雪的后头。

我知道这世间的缘分有千万种，而我们的这种叫作老师安排座位。

由于我们四个人都喜欢在上课的时候传纸条，我们还特地成立了一个组合，叫“纸条四人组”。

我们在传纸条的时候，一般都用自己喜欢的颜色代替自己。

我的是蓝色，周黑鸭的是黑色，许书源是黄色，冯雪用的是粉色。

大家轮流望风，在老师的眼皮底下作案，我们的英勇就跟狼牙山五壮士一样。

周黑鸭扯了篇纸递给我：“放学了我们去书店买海报贴纸吧。”

我在底下添了回复：“什么贴纸？”

周黑鸭：“新出的最游记的贴纸，去不去？”

我：“我问问许书源跟冯雪。”

我踢了踢前面的椅子，将纸条传了过去。

冯雪回复说：“正好想去买本故事书，一起吧。”

许书源的黄色笔迹在后面写着：“同意。”

同意？这到底是同意跟我们一起去，还是同意跟冯雪一起买书去？我们把纸条又传了回去：“同意你大爷，搞得跟批准冯雪请假似的。”

冯雪瞧见了，在一旁捂住嘴不停笑。

周六的下午，我们跑遍了附近，因为没有地方可玩，我、周黑鸭和许书源三个人聚在一块商量。

我：“据说再远一点，那里有一座寺庙。”

周黑鸭：“那个我有印象，小时候妈妈带我去祈过福，叫雨花寺。”

许书源：“要不，我们明天就去那儿看看吧。”

我：“不叫上冯雪？”

许书源："下次再叫她吧，我们先去看看好不好玩，好玩再叫她。"

周日的上午，我们三个人骑着自行车径直去了那座寺庙。

烧香拜佛的人很多，烟雾弥漫，有求平安的，有求财富的，还有算姻缘的。

寺庙门口有一个大大的香炉，里头有大把大把的香灰，都是别人不曾实现的愿望。

当时我们是这么理解的，只有未成年才能用流星许愿，而大人们只能到寺庙来给自己许愿，好让自己期待的事情在自己的生活里发生。

佛要保佑那么多人，肯定也不差我们三个吧，也请你保佑我们。

寺庙里还有个专门算命的先生。

他面前摆着一张长长的桌子，上面用画着八卦图案的布盖着。

桌子上有一个签筒，竹子做的，求签的人要用双手捧住竹筒摇，掉出来的签，算命的先生会解。

我们三个人都求了签。

算命的先生问："你们求什么？"

我们表情认真且严肃："求婚姻吧。"

之前好几个男的都求过这个，我们也想试试。

算命的看了我们好几眼，终于忍不住说："未成年结婚是犯法的。"

我们："……"

寺庙里实在是太严肃庄重了，一点都不好玩，我们不打算再来了。

可是谁能想到，几天后我们又要去一次。

当时冯雪趴在桌子上哭。

许书源问她："怎么了？"

冯雪摇摇头，脸色苍白："我好难受，感觉自己快死了。"

如果这时候我们有接触到生理课本的话，就会知道冯雪其实是大姨妈来了。

但我们不知道，因为一群毛都没长齐的男孩子，根本不会对生理感兴趣。

第二天，冯雪来教室上课，脸色更苍白了。

她在桌子上写什么的时候引起了许书源的注意。

许书源忍不住偷看，发现她居然写的是遗书。

她在为自己人生当中的第一次大姨妈写遗书。

许书源吓得面无人色："冯雪，你这是做什么？"

冯雪交代了她下身大出血的经过，而且还没有停止的趋势，她觉得自己离死不远了，所以得在离开人世前把遗书写好。

许书源没有办法，用小纸条告诉了我们这件事。

我 ：“大出血？真的会死吗？”

周黑鸭 ：“我也不知道，但流血太多肯定会死的吧。”

我又写了个小纸条给许书源 ：“那我们这几天一定要好好对她，满足她的所有愿望，让她开开心心地离去。”

周黑鸭建议 ：“要不我们再去一次雨花寺，拜拜佛，让他保佑冯雪平安。”

于是，许书源约了冯雪一起。

当时刚上完上午的课，为了尽快去寺庙祈福，我们下午背着书包翘课了。

我们三个骑着自行车，轮流载她。

到了寺庙。

我们用零花钱买了香，许书源郑重其事地插在香炉里，那燃起的香火缓缓飘散在空中。

我们继续往里走，寺庙最里头没什么人，于是我们都坐在蒲团上休息。

周黑鸭突然提议 ：“我们帮冯雪举行一次婚礼吧，没准冲冲喜就好了呢。”

我认为这是一个好法子，新郎不用说肯定是由许书源担任。

周黑鸭却硬要当主持婚礼的教父，不由分说就从书包拿了一本练习册充当圣经。

他庄重地站在佛祖底下，面前是一脸紧张的新娘冯雪，和新郎许书源。

周黑鸭开始振振有词地念道："今日，在佛祖的见证下，无论未来生老病死，无论生活贫困疾苦，你们都不会再分离，也不会相互放弃，从今天起你们将成为一个完整的生命，你们愿意吗？"

许书源红着脸："我愿意。"

冯雪也红着脸蛋："我也愿意。"

事后我问周黑鸭："你那词可以啊，哪来的？"

周黑鸭："不记得了，反正是好多句子凑起来的。"

我："……"

虽然这事有点不严肃。

但他们俩还是在佛祖，还有我和周黑鸭的见证下成功举行了婚礼。

后来，什么也没发生，冯雪没有死。

她脸色又红润起来。

我们才知道，那只不过是女生特有的大姨妈，不是身患绝症。

期末考试一个星期后就要开始了，考试完，我们就会从小学毕业。

班主任每天带着我们复习，连中午的音乐也停了。

我们经常可惜那些还没有被我们听完的磁带。据冯雪说老师那里还有一张周传雄的新专辑，没放过。

许书源对此念念不忘。

考试结束了。

我、周黑鸭、许书源、冯雪都没有着急离开。

我们跟班主任说要留下来打扫卫生。

不知道为什么，我们比平时值日的时候都要勤快。

班主任将收音机留在教室里，我们放着这些日子里所有听过的歌。

临走时，冯雪送了许书源一盒磁带，是他念念不忘的新专辑。

是她存钱买的。

时间过得很快。

每个人都有自己该去的地方。

周黑鸭去了长沙读书，许书源去了富士康。

冯雪还是在湖南，但在另一个城市，是重本。

许书源本来是要继续读书的，但高考没有好成绩，他也不愿意去读专科，就跟着村里的大人去打工。同一个厂，能将他介绍进去。

他走的那天，冯雪送她。

分别后还没过几分钟，冯雪就哭着给他打电话："你走了吗？"

许书源："我都上车啦。"

冯雪："人多不多？"

许书源："挺多的，还好我找到了座位，不怕别人挤。"

冯雪："那……那你东西都放好，不要被人拿走，包里还有我给你买的零食，可以无聊了吃。"

许书源："是是是，都听你的。"

冯雪哽咽："还有我想你的时候，你一定要想我。"

许书源："我怎么知道你会什么时候想我。"

冯雪在电话那头："那你就每天都想我。"

许书源真的每天都在想她。

他才知道原来心里特别想念一个人是这种感觉，会心里难受。

每当下班，许书源都会跟冯雪通电话。

冯雪在遥远的一端："你要加油挣钱，然后来娶我。"

许书源笑她结婚狂："那我要是挣不够钱怎么办？"

冯雪："那你等我毕业，我们一起挣钱，不够的礼金我来出！"

许书源在宿舍里高兴地上蹿下跳。

但这也是他第一次为自己的贫困感到可耻，如果自己的生活没有这么窘迫，那么就能尽快娶了她吧。

为了这，他在那边拼了命地工作，很快工资从两三千涨到五六千。

许书源打电话跟冯雪分享喜悦。

冯雪说："有个男孩子向我表白了。"

许书源赶紧问道："那个兔崽子叫什么名字？"

冯雪看他急得连脏话都冒了出来，忍不住在寝室笑得前仰后翻。

冯雪在学校很优秀，人也长得漂亮，会出现追求者很正常。

冯雪当然不会接受他们，和许书源说，只是想看他担心自己的模样，尤其是看到他一本正经地告诉她，这世界上没有好男人，好男人只有他一个时。

其实她心里欢乐得紧。

这些追求者里有一个家里还算有钱的男生，经常有事没事就来找冯雪搭话。

到了后面，更是直接向她表明了心意，有事没事就来请她吃饭。

许书源一跺脚，想办法跟领导请假，火速赶去了冯雪的学校。

他是为了宣布领土而来，他牵着冯雪在学校走了一圈。不满足，又让冯雪挽着他的胳膊在学校走了一圈。

一副自己女人神圣不可侵犯的神态惹得冯雪哈哈大笑。

事后，两个人正商量着去食堂还是路边摊，那个锲而不舍的追求者又来了。

冯雪没好气地告诉他："你以后别来叫我吃饭了，我喜欢跟我的男朋友一起吃饭。"

许书源趾高气扬地搂着冯雪扬长而去。

这件事以后，许书源终于放宽了心，努力在外头拼搏事业。

很多异地恋不能在一起，其实都是因为他们没法相信对方能和自己一直在一起。

但他现在已经知道，就算距离再远，有一个人永远都不会放弃他，正如他也永远不会放弃一样。

冯雪毕业两年以后，许书源在市里买了一套小房子。

那也是他们俩的新房，他们终于名正言顺地在一起了。

如果我没有记错的话，那是他们第二次结婚。

我和周黑鸭也去参加了。

第一次是我和周黑鸭还有佛祖为他们做见证，当时周黑鸭还拿着一本练习册当圣经。

再一次看到新郎和新娘紧张又期待的表情，我知道美好的事情都不会平白无故地发生，一定是两个人都在其中努力、维系和经营。所以他们的花才能开出花来。

我能相信这个世界上会有一个永远也不会放弃你的人，是因为我知道还有另外一个人同样也没放弃。

这样，他们彼此才能牵绊彼此。

如果108张好人卡能召唤出一个爱人

童年的小卖部里有一种小浣熊方便面，拆开以后会得到水浒英雄卡。

上面的说明上写着，只要集齐108张英雄卡就可以兑换到一份大奖。

这让很多孩子欣喜雀跃，因为他们都认为自己是无比幸运的那个，因此在很长一段时间里，大家都喜欢用送对方没有拥有的卡来作为友谊的见证。

很多孩子就怀着一份难以实现的愿望，买了一包又一包的小浣熊方便面。

然而这份天真随着年龄增长，悄然结束在时间的长河里。

再往后我们能收到的就只有心仪对象发来的好人卡。

我觉得那些被发了好人卡，还坚持不懈地追求对方的人实在太傻。

因为这些人收到好人卡之后，不知道对方并不是在夸他，却以为自己真的有她说的那么好。

于是就造成他们对一个不可能的人一直抱有不切实际的幻想。

高中时代，是个男女荷尔蒙汹涌爆发的阶段。

男生已经控制不住自己，会不由自主地去想象女孩子衣服里面的形状。

而女生们开始神神秘秘地看一些台湾言情小说，里头的描述尽是一双大手探向女主火热的身躯。

在我看来，这个学校里一半人是干柴，一半人是烈火。

所以我每次去学校的小操场散步时，都会撞见小情侣们在草地、墙角、亭子等地方搂搂抱抱。

夜色要是还浓一点，角落里就会响起一大片此起彼伏的接吻声。

场面就跟夏日里的青蛙鸣叫是一样一样的。

当时隔壁班的小伙子孟敬秋特别想要成为这片蛙叫声里的一员。

如果用句话来形容他当时的心态，就是，春心萌动在号叫，前列腺疯狂在嘶吼。

他想要追到的那个女生叫作严小菊。

别看人家女生名字这么清新脱俗，其实她是学体育的，篮球打的比男生还好。

于是在篮球场边上犯花痴不再是女生的专利，孟敬秋也成了其中的一员。

我跟几个朋友陪孟敬秋去看过一场严小菊的篮球比赛。

当时，严小菊在场上一个转身假动作，三步上篮，英姿飒爽。

面对一群糙汉子，她眉目中露出的是挑衅，是桀骜不驯。

我们惊呼这姑娘不是一匹野马就是一头野牛。

朋友们都忍不住劝他，天涯何处无芳草，何必单恋一枝男人婆呢?

可孟敬秋却是吃了秤砣铁了心，枉顾校纪校规，无视“德育办”三令五申不许早恋的命令，毅然决然地展开了对严小菊的攻势，这第一步嘛，就是让严小菊注意到自己。

为此他还特地在网上找了一些诸如泡妞宝典、追女大法的书籍。

翻来翻去，他选择了其中最困难的一条——誓以真心换佳人。

如何换？无外乎坚持不懈坚持到底。

从此，孟敬秋开始了给严小菊下场递矿泉水的生活。

说来他也是年轻没有经验，不像那些情场高手，三两句就能哄得女生神魂颠倒。

这年纪的小伙子都是傻小子嘛，只能想出一些蠢主意。

当孟敬秋问我靠真心能不能成功追到心仪女生的时候，我也不好打击他的积极性，只是跟他说在乎你的人肯定会心疼你的付出。

孟敬秋开始每个星期都给严小菊写一封信。

最少八百字，比上作文课写作文还要上心。

孟敬秋写了千言万语的废话，其实都可以归纳成两句话。

第一句话是，我喜欢你。

第二句话是，和我交往吧。

可惜的是，严小菊从来不看这些，她把这些漂亮的信纸胡乱塞到自己抽屉里就不管了。

她觉得自己喜欢的男生，应该是一个比她强、比她霸道的人，不然在一起太没意思。

很显然孟敬秋一开始没有把握到这一点，不知道写信套近乎对于严小菊来说是挺软弱的行为，在严小菊的认知里，你要是喜欢一个人，就当面去和她讲，不要半点婆婆妈妈。

这样即使不喜欢，也会有些好感。

所以对于孟敬秋总是给她递矿泉水的行为，心高气傲的严小菊是有些心烦的。

每次打球那么多双眼睛看着，不知情的还真以为自己和他有点什么呢！因为有了这种印象，严小菊就有点讨厌孟敬秋。

只是出于礼貌，并没有将这种伤人的话说开。

我忍不住劝孟敬秋，你这样不行，追女生不能这样死缠烂打。

孟敬秋却一脸神圣地说，我肯定能够感动她，让她喜欢上我的。

我摇摇头，天晓得她什么时候能喜欢上你啊，你不要陷太深。

可惜孟敬秋什么都听不进去，他只是说，他有耐心等下去，会一直付出到她对自己改观。

一学期过后。

孟敬秋兴奋地和我讲，他跟严小菊的关系又进了一步，说她亲口承认把他当作朋友。

看见他兴奋的样子，我没忍心告诉他，事实恰恰相反，这意味着对方不想和你再进一步。

我在心中叹气，看来这爱情真的没有什么道理可言，有的人就是会沦陷其中不可自拔。

我能想象到孟敬秋向严小菊告白的那天，就是幻想破灭的那天。

这一天没要多久就发生了。

为这次表白，孟敬秋翘了晚自习。

他挑了个星光灿烂的夜晚约严小菊去操场。

严小菊从那边亭子走过来问，什么事？

这就有些明知故问了，但她依然不想戳穿这个事实，也许她希望孟敬秋能够知难而退吧。

只是孟敬秋却一脸郑重地看着她，我有话想跟你说。

严小菊面色难看，果然和她料想的一样。

孟敬秋终于表白了，说自己是多么多么喜欢她，问她能不能做他女朋友？

严小菊沉默半晌。

孟敬秋继续说，你放心，我一定会对你好的。

严小菊才开口说，你是一个好人，只是我比较喜欢运动细胞多一点的男孩子。

愣了半天的孟敬秋下意识问，为什么？

严小菊回答他，喜欢运动的人强壮，让人有安全感。

严小菊走了，留下孟敬秋在原地发呆。

我以为孟敬秋会从此打消追严小菊的主意，没想到孟敬秋却开始每天早晚跟着体育队的人一起锻炼。

睡觉前还要来一套腹肌撕裂者。

锻炼的效果很不错，半年后孟敬秋从一个白白净净不怎么运动的男生，变得皮肤黝黑肌肉紧实。

觉得差不多了的孟敬秋找了个机会，又跟严小菊表白了。

严小菊欲言又止。

孟敬秋急切地和严小菊说，成不成你倒是说句话啊，我已经按你的要求，变得比以前强壮了。

严小菊发出了给孟敬秋的第二张好人卡：你很好，我没想到你会为我做到这地步，我很感动，真的，但我还是不能接受你。

为什么？孟敬秋说这句话的时候都带上了颤音。

见他这样问，严小菊的好人卡又来了一张：你真的很好，可是我希望我的另一半能陪我一起打球。

孟敬秋二话不说又去碰自己没打过的篮球，疯狂锻炼球技。

整个高二就这样在孟敬秋的汗水里结束了。

很快，严小菊又迎来了孟敬秋的第三次告白。

还是那个操场，还是一样的夜晚。

天空星光闪烁。

孟敬秋不知道从哪里弄来了一支玫瑰花，他把它递给严小菊。

我已经喜欢你很久了，在喜欢你之前我从来不知道，追一个女生需要这么多努力。虽然辛苦了一些，但是我没有后悔。我一想到你有可能和我在一起，我就觉得特别快乐，我就觉得我的付出都是值得的。这是高中的最后一年了，我们能在一起吗？

听完这些话，一直对孟敬秋没有什么好感的严小菊也有些感动，但这感动很快就从她眼中消失了。她才不会仅仅因为感动就跟别人在一起。

严小菊发出了她最后一张好人卡，她跟孟敬秋说，你太好了，只是我们真的不合适，我对另一半有一个硬性要求，那就是身高要有一米八。

孟敬秋傻眼了，一米八？

他自己的身高才一米七二，那剩下的八厘米简直就是一条鸿沟。

他知道自己永远都长不到一米八。

他也明白严小菊从来没喜欢过他，只是一直以来的幻想，让他觉得有一些希望。

当孟敬秋失魂落魄地来找我倾诉情场失意，问为什么这样付出都不能让严小菊喜欢上他，她不是说他人很好很好很好吗？

可是你有没有想过，如果你真的有对方说的那样好，她为什么不要你呢？

她为什么不要你呢？

说白了那只不过是你想打开姑娘心门时，人家给出的婉拒理由而已。

所以每一张好人卡的解释才听上去都是那么的不合逻辑。

只有像孟敬秋这样的爱情傻瓜才会去为之努力。

有时候我会想，感情要是也像集卡游戏一样简单就好了，只要能满足全部条件，就可以召唤出一个爱你的人。

可感情多复杂啊，就像从来没人集齐过 108 张卡一样，遇到一个圆满的爱情只会更加困难。

也怪我们当初太天真，过于相信付出的伟大，心存对方能够爱上自己的侥幸。

所以感情才会沦落为一场悲剧。

或许你能始终如一，为对方付出，有着极大的耐心。

可是你怎么耗得过一个不爱你的人呢？

给自己留些余地吧，不要再将力气浪费在不爱你的人身上，爱你的人自然会去牵你的手。

而不是次次跟你说：

你是一个好人，只是你太胖了，我喜欢瘦的。

你是一个好人，只是你太矮了，我喜欢高的。

你是一个好人，只是你太忧郁了，我喜欢阳光点的。

……

所以，你啊，就别做梦了。

Part4　有的人，一旦错过就不再

我们无时无刻不经历着遇见与错过，不知道在什么时间、什么地方、什么人会与你相伴到老！只是，有的人，一旦错过就不再。

他只是舍不得你的好

经常写故事有一个好处，那就是别人愿意将自己的经历告诉你。

将这些事告诉别人的原因有两种。一种是让自己牢记以前脑子里进过的水，不能再犯。另一种是原先的那个麻烦又回来了，而自己不知道作何选择。

昨天就有一个陌生女人来加我的微信。

她上来问我，你能不能帮我记录一个故事。

我答应了她的请求。

这个叫桃华的女人讲的第一句话是，这是我跟前夫的故事。她的第二句话是，最近他又回来找我了，还说要跟我重归于好。

看来，这是一道人生的选择题。

换作是我的话，如果知道那段感情会变得如此糟糕，给我一次重来的机会，我会发誓自己绝对不会和他在一起。

好的感情不是没有负面情绪，只是因为相互深爱，就可以做到床头打架床尾和。

但坏的感情呢？连回忆起来都会觉得恶心。

所以你看，有时候错误的感情就是如此，当我们回头去看自己曾经的恋人，都觉着自己当初是不是瞎了眼睛。

就像生活总是让我们做出选择，但时间才会给我们最终的答案。

桃华那个前夫的名字叫作罗布。

每每念起他的名字，总是想把他叫作罗布泊和萝卜。

在桃华还是个不谙世事的初中生时，他们就在同一所学校里读书。

但那时候他们还只是陌生人，基本没有交谈过，所以相识这事跟缘分无关。

可能就是偶尔在学校的路上撞见过几回，就连你好你吃了吗之类的招呼都不曾有过。

如果不出意外的话，桃华跟罗布一辈子都不会出现什么交集。

可是人生总是充满意外，不是吗？

所以字典里才会有“识人不明”“遇人不淑”这种词语。

桃华当时的学习成绩在中上游水平，努力一把也能将名次提高到前几。

只是因为家庭条件的不允许，在初三那年毕业以后，桃华就再也没有进入任何一所学校。

从走出校门那天开始，她就辍学了。

年纪尚轻的桃华没有什么社会经历和工作经验，她也不知道自己能胜任什么工作。

在舅舅的帮助下，她去了镇上的文教文印社里学习打字。

这事说白了就是一个底层文员，平日里干的最多的反而是端茶倒水、打扫卫生之类的事情。

这样单调又毫无价值的生活令桃华无助，仿佛一眼就能看到一辈子的尽头。

她亲身体验到了什么是普通，什么是卑微，她忽然意识到自己没有想象的那么重要。

有时候桃华会想，也许有人觉得我重要的话也不错啊。

所以越到后面，她这副压抑的身躯越需要一个渠道，需要一个缺口。

罗布就是在这个时候出现的，时机恰到好处。

再见面时，他不再是学校里那个小男生模样，他变得帅气，唱歌也好听。

而且他也是毕业没有读书就外出打工，相同的经历引起她的共鸣。

桃华觉得两个可怜人，应该可以相互取暖的吧。

因此，桃华将自己的感情一下子全部投入在这个男人身上。

她完全被他吸引住了。

只是她不知道，自己那副依恋的模样就像一个抓到稻草的溺水者。

也就是在那一刻，桃华以为罗布是那个带她脱离苦海的人。

而她这个被生活活生生压扁的人，又有机会圆满起来。

她跟所有普通女孩一样，期待着美好的生活和美好的未来。

于是没多久，在罗布的甜言蜜语下，桃华将自己交给了他。

在一家廉价宾馆的小房间里，罗布搂着她说："我会对你好的。"

听到这句话的桃华当真了。

可是天底下哪有这样的好事，几天以后，桃华才从曾经的同学那里得知了一个消息，罗布早就有女朋友了。

这个消息是对桃华感情的一记暴击。

感觉受到伤害的桃华痛苦得整晚整晚睡不着。

她试着打电话质问罗布，号码按到最后，却放弃了。

她试着当面要罗布做出一个选择，也没能问出口。

毫无疑问，桃华智商归零了。

而她心中存了一丝侥幸，她还是不想离开他。

说到这里，桃华无奈地问我，你是不是觉得我这一经历特别狗血，跟电视剧里演的一样。其实我也曾经想过，如果这个时候我离开他就好了，就不会发生后面那么多事。

就这样，罗布成为了一个脚踩两只船的男人。

他就在自己女朋友和桃华之间游离不定。

桃华时常想结束这段错误的感情，却又觉得这种状况也许永远都改变不了。

她什么都付出了，还能怎么办，损失的感情和时间都无法再挽回。

再放弃这个男人，自己不就什么也没有了吗?

直到有一天，罗布和当时的女朋友分手了，是他女朋友先提的这桩。

原因挺简单的，她爸爸希望女儿过得更好，而他条件不行。

门不当户不对，两个人掰了。

桃华却没有等到柳暗花明的感觉，她也说不上自己当时是什么心情。

后来罗布又交上了新女朋友，也没有跟桃华明确说分手。

他可能是将桃华当成自己失恋时依靠的港湾。

而桃华却觉得自己已经变成了一艘沉船，斑驳，深深沉在海底，不见天日。

桃华知道不能一直这样下去，就去了另一个城市——苏州。

她在那里找了一份新工作，生活仿佛平静下来。

这是她第一次试图逃离这段感情。

可是在一个狂风暴雨的晚上，他突然出现在桃华租住房子的门口。

她看着面前这个男人。

桃华知道自己没能逃掉，她又陷进了这条深不见底的河。

在苏州住的时候，一开始，桃华还满怀憧憬，两个人能够一起工作，就不会孤单。

但过了三个月，两人都没有找到合适的工作。

罗布跟桃华说，我要去上海，你也跟我一块儿去吧。

为了所谓的爱情，桃华跟他走了。

一路奔波，到上海以后，两个人蜗居在一起，当地的物价死贵，而他们的工资不是很高。日子过得艰难又狼狈。

当时是2003年的上半年，桃华刚满20岁。

没多久，桃华发现自己有了孕期反应。

这是她第一次怀孕，因为担心家里人的责备。桃华跟罗布商量应对，最后选择了放弃孩子。没想到，年底的时候，她又怀孕了。

桃华怕流产太多次，以后自己就怀不上孩子。

这次，她要把这个新生命留下来。

罗布把这一消息告诉了家里人，桃华也将这事通知了家里。

结局可以想象，桃华的爸妈坚决不同意这门亲事。

桃华爸妈黑着脸，我们不同意你嫁给那小子，你以后肯定会后悔今天的选择。

遭到反对的桃华却还是苦苦相求，可是我都有他孩子了，我也没别的办法了。

最终父母妥协了。

桃华与罗布的婚礼是在2004年的正月举行的，当时主持婚礼的司仪祝福新人婚姻美满，永结同心。

可婚礼过程一点也不愉快。

婚礼的习俗之一就是要收礼金，桃华家这边也没多要，就三万块钱。

罗布却只带来了一张支票，说是现在取出来不划算，要桃华父母等两个月以后到期再去取出来。

支票上的名字并不是罗布他们家，而是他舅舅的儿子。

桃华父母也没有多想，但这事却还没完。

因为两个月后，桃华爸妈去银行才发现，这支票有问题。

桃华爸妈急忙问银行的工作人员，这支票哪里有问题了？

银行工作人员告诉他们，这支票被人挂失了，不能兑现取钱。

感情不让他们过早去兑现支票的原因就是为了将支票挂失，好让他们取不到钱。在工作人员的审视中，两个老人既是尴尬，心中又有股难以言说的愤怒。

桃华知道这事后，也觉得不可思议。

这一家子怎么是这样一种人，桃华气急之下就拖着行李离开了罗布家。

这是桃华第二次离开，但已经和罗布结婚了，只能就这么和他相处下去。

这件事情到最后，也就不了了之。

结婚以后，罗布又回到了上海工作。

桃华因为怀孕的关系就待在家里养胎。

当时罗布的工作是帮别人开车的司机。

然而异地以后，两个人的联系次数少到一只手就能数过来。

在桃华的强烈要求下，罗布才同意将她接过去。

可是罗布将桃华接到上海以后，她却发现罗布变得难以捉摸起来。

他总是背着她偷偷摸摸接电话。

他这种奇怪行为引起了桃华的怀疑。

但不知道是不是罗布的保密工作做得太好，桃华无从证实自己心里的疑虑。

这事最后也揭过翻篇了。

可笑的是，当初结婚时司仪的祝福没有实现，两个人的感情越来越差，不，是罗布对待桃华的态度越来越差。

大概是在六七月份的时候，罗布有个以前的同学来找他玩，他们俩就出去了。

因为罗布当司机的关系，下班时间不固定，平日里不管多晚，桃华都会起来帮他开门。

但那天她真的是太累了，眼睛都没有办法睁开，罗布在门外叫了她许多遍才醒。

罗布瞪着可怕的眼睛，当着那个同学的面就甩了她一个耳光，说她是故意不给他开门。

当时桃华挺着个大肚子，觉着特别委屈，自己容易吗?

事后，罗布也没有来哄她。

那是他第一次动手打她，有了第一次就有第二次。

发展到后来，他动手的次数多到桃华自己也数不清了。

自己小心翼翼委曲求全地维护这段感情到底是为了什么？桃华总是忍不住问着自己这个问题。

可是除了自己，谁也没法给她答案。

后来的生活也变得无比糟糕。

在桃华脆弱的婚姻里，还不断有着小三小四出现。

两个人的争吵也越来越多。

遇见这样一个不忠诚的男人，桃华终于对这段毫无未来的感情绝望了。

在快春节的时候，桃华跟罗布正式离婚。

桃华什么都没要。

孩子的抚养权也归了罗布，但还是和桃华一起生活。

离婚以后，为了孩子，桃华住在原来的房子里。这种状况一直持续到年底，因为罗布将房子卖了。

桃华只好带着孩子搬走了。

可是没有了房子，外地人在昆山是没有办法上学的，罗布这才给桃华一笔钱交了首付。

这时候，两个人已经形同陌路。

罗布又谈了新的女朋友。

桃华受到的伤害太深，又带着孩子，就一直孤身一人。

我问桃华，那你现在应该过得比以前好了吧？

桃华沉默了一会儿才说，本来一切都挺好的，我不用整天担心和他的事，连体重都增加了。可是这个月他又出现了，他把我平静的生活又搅得乱七八糟。可我是真的不想再回到过去了，你知道吗？以前的一次争吵中他还告诉我一件事，他说他在跟我结婚前几天还想着跟自己初恋私奔，说他们当时要是私奔就好了。

桃华继续告诉我，这个月初他来昆山看我跟孩子，还告诉我，他失恋了，他想回家，请我把他带回来。

在我看来，这真是一段糟糕的感情经历。

听到这里我都听不下去了，这世界上怎么会有这样的男人。

我告诉桃华，听你说了这么多，我感觉他一点也不爱你，他只是舍不得你的好。

桃华继续和我聊着，是啊，他根本就不爱我。孩子十一岁了，所有的开销都是我在负责，他没有尽过一点责任。他从来没关心过我跟孩子，你知道他那天来看我们问的第一件事是什么吗？他问我有没有跟别的男人发生过关系，把我气坏了，怎么会有这么可耻的人！

故事听完了，我毕竟是一个局外人，不应该插手任何人的感情，因为我也不知道自己的建议对于一个单亲妈妈来说，是好还是坏。

但我最终还是告诉她，以后要好好规划自己的生活，带好自己的孩子，没必要纠结那个男人回不回来。你也知道没有他时，一切都挺好。也许呢，我们这一辈子总是会遇到不太顺利的感情，但最终的选择权还是在自己手里，去倾听你内心的声音吧，如果你真的不再喜欢他，想要重新开始生活，不必担心，你有权利拒绝他。

那个说晚安的陌生人

我的手机号码用了三年，收到过许多陌生人的消息。

在这三年里，我中过央视大奖电冰箱八台，最少二十个号码说转错钱给我。

再加上十几次工作人员说银行出现故障，不小心将钱转账到我的卡中，我的卡里少说也有好几千万。

我不止一次叹息,要是这些骗子说的这些好事都是真的就好了。

可是这根本不可能。

还有一些说想跟我聊天交友的陌生人，他们热情洋溢地推荐自己。

我给对方的回答天真烂漫，你好，很高兴认识你，请问你叫什么名字?

紧接着对方就告诉我，学生妹，包夜 600 元。

说好的聊天呢！说好的交友呢！

你们还是祖国后花园里娇艳欲滴的花朵吗？

我在心里使劲吐槽。

就在昨天，又有一个自称深圳警察局的警察告知我因走私收到了非法快递，冒充警察的骗子让我尽快打钱过去，以免我受到牢狱之灾。

我对这些人的回复言简意赅，通通都是：去你大爷！

然而在这些回复的无数次去你大爷中，我遇到过一个故事。

它来自手机另一端的陌生人，于我而言，就像来自一个不同的世界，因为我们本来是不会有任何交集的。

陌生人是一个女孩，虽然我和她从未见过一面。

可是她却跟我说了三年的晚安。

要知道我连一天早上七点准时起床都做不到，更何况要坚持这么久。

但每一天晚上的十点钟，我都会准时收到她发的这两个字，晚安。

除此以外，再无其他任何讯息。

一开始的时候，我还以为是哪个女生喜欢上了我，不好意思表白。

于是我试探着打电话过去，一次，没人接，两次，没人接，三次，还是没人接。

这是怎么回事，难道是有人在跟我恶作剧吗？我就知道自己没那么大魅力，人啊果然不能太自恋。

可是这个陌生号码的晚安问候还是一如既往，从未出现过间隔。

如果真是恶作剧的话，那这个恶作剧还真是够坚持的，可是这样又作弄不到我什么，天天给我发是什么意思。

半年以后，晚上十点，我无奈地看着手机里的一条消息，晚安。

这个时候我已经知道这不是恶作剧了，但是我又猜不出对方是基于什么理由一直做这个事情。

一开始，我还发短信问对方，你叫什么名字，你是什么地方的人，你为什么要一直跟我说晚安。

几次问询以后，得不到任何回应，我也就采取不理睬的态度。

时光荏苒。

过去一年半的时间。

当时我正准备睡觉，十点整，咦，我惊讶地发现自己居然没有收到对方跟我说的晚安。

那个陌生人呢?

我看了屏幕好几眼，今天真的没有任何信息，心里想着这件毫无缘由的事情是不是结束了。

然而第二天早上起床的时候，我摸起床头的手机看时间，一条新消息显示在屏幕上，是六点多发的，上面写着："抱歉，我生病住院了，但今天的晚安不会落下的。"

原来对方真的是一个活人。

说实话，我是个好奇心特别重的人，对手机那端的陌生人我有过很多猜测。

人家是恶作剧，人家有难言之隐，越猜测下去越离谱。

脑洞一开，我甚至觉得是某个外星人捡到了别人手机，想要跟我们地球人联系。亦或者是某个被抓去什么邪恶组织当实验品的人，想要用这种不寻常的方式引起别人的注意。

你为什么要一直跟我说晚安？我又兴奋地问了一次。

但又不再有任何回应，就好像之前的消息都是系统生成的一样。

好吧，这回我真的死心了，再也没管过这个号码。

直到再一年后的一天，我正在电脑前整理一篇文章。

这个陌生人在十点照例跟我说晚安后，之后又给我发了一条信息："你好，我能问你一件事吗？"

因为之前的经验，我差点忽略过去，但一看这破天荒的回复，我忍不住回了人家："什么事情？"

陌生人："你为什么不一直回复我呢，我看你回过我几次就不回应了。"

我没好气地回答，谁会去一直回应一个从不回应自己的人。

陌生人很久都没有再发消息过来，在我准备休息的时候，对方才回了一条：“是啊，这世界没有那样的傻子。”

我想了想，还是找了个话题：“你今天怎么有兴趣跟我搭话了。”

陌生人：“我要结婚了，男生不是我喜欢的那个。我有点不安，想找一个人聊聊。”

我：“我？”

陌生人：“是啊。因为跟你说了这么久的晚安，所以想跟你说说。”

于是我知道了这个陌生人的名字，景菲。

我：“那你喜欢的那个男生呢？”

景菲：“三年前他就结婚了。”

我以为这个故事可能是一个始乱终弃的戏码，没承想，并不是。

五年前，景菲在大学里认识了一个男生，叫林唐书。

那个年纪，是感情肆意生长的最好时段。

家长距离太远管不到，学校也不会再严抓死防。

男女之间无论是去钻小树林还是去宾馆，都有了可乘之机。

女生们开始打扮自己的美，男生们开始想要获得这种拥有美的女生。

那藏在心里的思念和荷尔蒙，在牵手和去小树林里的念头里胡乱生长。

所以林唐书第一次跟景菲表白的时候，景菲毫不犹豫地把他拒绝了。

她想再等等看，她认为一个对的人，肯定是舍得花时间去等她的那种。

而且等待的时间越久越能证明这一点。

景菲事先就跟林唐书表明，她不是一个随便的女人，更不会别人说几句甜言蜜语就彻底沦陷。

而且这就是她的一个考验。

那时候的林唐书信心满满："等着吧，我肯定能通过你的考验。"

就这样林唐书成了景菲的小跟班。

他总是找机会跟景菲在一起说话，没有课时就约她出去玩。

周末的时候就约她一起去看最新的电影。

美食街又开了一家什么新的铺子，他也会带她过去瞧一瞧。

到后来，景菲去市中心逛街的时候，也会带上他。

景菲试着衣服，也会问林唐书的意见："你觉得这件衣服怎么样？"

林唐书上下打量："不错啊，你身材又好，和你挺搭的。"

景菲翻了个白眼："就会哄我说好话。"

服装店的销售人员在一旁说："你男朋友的眼光很不错啊，你有福啦。"

是啊，他真的很像是景菲的男朋友，除了不拥抱不牵手不接吻，两个人就像一对情侣一样进出。

景菲红着脸连忙解释："他才不是我男朋友。"

可即便如此，林唐书还是在心中偷乐，这店员真会说话，景菲对自己也是有好感的吧，不然不会总是同意自己的邀请了。

除了那些情场老手，刚恋爱的男生的大脑就是这样简单，以为女生接受自己的邀请就是对自己有点喜欢。

夜幕降临的时候，林唐书送景菲回了女生宿舍。

晚上十点，他给景菲发着短信："我决定了，以后的每一天晚上我都要跟你说晚安。"

景菲："你想干吗呀？"

林唐书："让你每一天都知道我的存在。"

于是，一段漫长的追逐开始了。

景菲却不像与他一同起跑的选手，更像是一个裁判。

林唐书每跑一段，景菲都会摇头，终点不是在这儿，你还要再跑远一点，时间还长，我在下一个地方等你。

就这样，林唐书在追景菲的道路上跑了一圈又一圈。有时候他甚至怀疑，这场追逐是否永远都没有终点。

而且林唐书觉得自己每一天都是在做重复的事。

陪她逛街，给她买早餐，听她倾诉，做兼职赚钱给她买礼物，为她解决自己能够解决的麻烦。

一切的一切都是在对她好。

林唐书突然很想问她一个问题："你知道我的感受吗？你想过对我好一点吗？"

不过景菲肯定是喜欢他的，她亲口对林唐书说过。

可是如果相互喜欢，不应该尽早在一起吗？还要怎么去证明这件事呢？

这是每个搞不懂女人心理的男生心中的疑问。林唐书也弄不明白这种事，只能一如既往地对她好。

睡觉前，他不忘又发过去一条消息："晚安。"

林唐书没有给景菲打电话，因为他怕吵到她休息，而且以他的性子，肯定一说起来就没完。

林唐书为景菲的睡眠着想，忍住了。

一开始，景菲也会跟他说晚安。

这是他心上人的回应，他傻笑着睡去，好梦。

可一年以后，林唐书还是没能让景菲承认是自己的女朋友。

他也跟她提过几次，但总是被她说要好好考虑几天给搪塞过去。

两人一切依旧，不拥抱不牵手不亲吻。

林唐书只能想尽各种办法触碰她。

比如在过马路的时候，伸出手挡着她，就好像拥抱她一样。比如在看电影的时候，恰巧和她同时拿爆米花，碰到她的手。

林唐书能感觉到，她的手凉凉的，要是让他牵一会儿，肯定能够变得特别暖和。

于是有一次看电影的时候，当时已经入冬。

林唐书问她：“怎么样？你冷不冷？”

景菲：“有一点，怎么了？”

林唐书伸出手：“让我牵着吧，一会儿就不冷了。”

景菲拒绝了，说：“没关系，我有口袋。”

林唐书“哦”了一声，心情变得有些失落，连电影都没有兴趣再看下去。

这场看不到终点的追逐真的是太漫长了。

景菲已经习惯了他的关心和嘘寒问暖。

但林唐书却没有了当初的信心满满，不管怎么说，这情况实在是有些让人灰心丧气。

他还是一如既往地跟景菲说着晚安。

可是，慢慢地，景菲却很少再回复他晚安。

但他们每天的日常还是照旧，出去逛街买东西，景菲也会叫上他。

在她看来，这种生活很棒，有人关心，有人疼，完全不用担心失恋。

前些日子，她隔壁宿舍的一个女孩，因为男朋友跟别的姑娘好了，就跟那女孩分手了。

女孩一路哭，哭到那个渣男的宿舍，在他宿舍外面喝了很多很多酒。喝完的酒瓶子就使劲砸在过道里，玻璃碴子碎了一地，就跟女孩碎了的心一样。

女孩一边哭还一边喊："你为什么这样对我！你为什么这样对我！"声音特别凄惨。最后女孩坐在渣男宿舍门外，脸上全是眼泪，要多狼狈有多狼狈。

景菲觉得这就是前车之鉴，她可不想变成那个女孩那样，即使她对林唐书有好感，也不能这么快就答应他。

一定要熬着他，让他心痒痒，这样他才会一直念着自己。

退一万步说，即使林唐书最后移情别恋，她也不会损失什么。

毕竟自己连碰都没有让他碰过。

景菲就这样享受着林唐书每天的关心，暗自窃喜自己之前让他等待的决定。

男人嘛，就应该吊着他们的胃口，不然新鲜感过去，就不会将自己当一回事了。

可是景菲从来没想过自己有没有考虑过林唐书的感受。

她不知道感情从来就不是单方面的，如果一方几乎不回应，一块再热的石头，也终究会冷却下来。

又过去一年，两年了。

不说别的，林唐书连晚安都说过730次了。

但景菲几乎不再回应这种问候，林唐书问过她几次理由。

景菲要么说自己睡得太早没有看到，要么是说自己手机设置了静音没有收到提醒。

时间渐久，林唐书渐渐丧失了当初那种心动的感觉。他能感觉到，那种火热，那种期盼，都要消失殆尽了。

估计没多久他就不会再傻乎乎地坚持下去了，没有回应，爱就好像流到了空处。

偏偏景菲还志得意满，认为考验得出的结果，这是一个好男人。

再一年，如果他还喜欢自己，就和他在一起好了。

几个月后，林唐书终于下定了决心，断绝了和景菲的来往。

景菲一开始也没当回事。但是很快，她觉得不对劲了。

他怎么连晚安都不跟她说了。

接下来的事情就不用详细描述了，林唐书退出了景菲的生活。

这个重新开始的人后来遇见了一个新的对象。

是他的学妹，普普通通的女孩，但他最喜欢她的一点就是，她会回应，不会让他在不必要的事情上多等。

很快，林唐书在学校里牵着她出双入对，陪她去看电影。

他的温暖能够传递到她的手心，他也能感觉到她的温暖。

这才是他要的爱情。

景菲忍不住问林唐书："你怎么不和我说晚安了？"

林唐书没有回应。

本来这件事应该就这么结束的，但景菲心里却不乐意了。

她气愤这个一直喜欢自己的人怎么就不喜欢自己了。

明明他自己说要跟她一直说晚安，现在也反悔了。

明明自己想着让他再等一年，就会答应和他在一起了。

果然男人的话没有一个可信。

但当她意识到这是失去时，心中的执念加深。

印证了一句话，拥有的时候不珍惜，失去的时候又挂念不已。

后来景菲去找林唐书，林唐书告诉她："你不知道没有回应是什么感觉吧？你以后自己体验过就会明白。"

景菲不明白，于是她乱按号码，找了一个陌生人，她想一直跟他发晚安，她想看看没有回应是什么体验。

那个陌生人是我。

一开始，我有问过她是谁，哪里人，为什么一直发晚安。

她不回复。

后来我也再没给过回应。

三年来，景菲始终给我发着那两个字，晚安。

在她快要结婚的时候，她终于决定不再跟我这个陌生人继续这件事了。

但她想问我一个问题，问我为什么不回应她。

我跟她说，谁会去一直回应一个从不回应自己的人呢，这世上没有人愿意当这样的傻瓜。

她沉默很久才回复我，给我讲了她的这段经历。

我没去问她有没有体验到那种毫无回应的难受滋味。

故事就到这里为止。

从此，她从我的手机里消失了，就好像她从来都没有出现过。除了这个故事，除了对我说的那无数晚安。

这世界上存在着这样一种人，对别人的感情充满不信任，总是想通过反复的验证和时间的考验来得知对方的真心程度。

他们宁愿不和对方在一起，也不能让自己受到分毫损失。

说到底还是自私吧，换了任何人看到心上人为自己付出忍让到这个份上，正常反应都该是感到心疼。

但是你呢，好好问问自己，有没有想过对他好，哪怕就对他好那么一点点，结局会不会就变得不一样。

这人世间，有些故事，突然就开始了，有些故事，也突然就结束了。

真要为此寻一个缘由的话，无关命运，无关时间，都是自作自受罢了。

也许人类就是这么一群愚蠢的生物，害怕失去，就连拥有都不要了。

可是真的失去的时候，自身又不情愿，何必呢？

真的没有人应该一直在那里等你。

当他沉迷在你的孤岛，溺水多时，你迟迟不愿伸出你的手。

终有一天，他会大梦初醒，想要呼吸。

你们终将后会无期。

在爱情里，遇见一个不对的人

我在一家公司做了半年文案，当时住在八字门附近，租的房子。

有一天沈岳打电话给我，说想来我这儿住几天。

没问题。我二话不说就答应了他。

不过他来的时候，我还是觉得有些尴尬，因为这里的环境实在太差了。

到了晚上，附近会有人唱京剧，大白天天花板会下雨，还有不管多烈的太阳，在屋里头都见不到阳光。

来的时候，我领着他看了屋子，还昧着良心问他，怎么样，这地方还不赖吧。

沈岳正准备开口回答我这句话，头顶的一大块墙皮就砸在了我们俩的脑袋上。

我尴尬地扫掉这些墙皮，心想以后不能再昧着良心聊天，这贼老天当场就给我揭穿了，真是丝毫面子都不给。

即使如此，沈岳最终还是住了下来，就睡在我卧室的隔壁。

沈岳是广州人，是我以前读大学时的同学，不过我俩不在一个系，但以前住宿舍时他也是在我隔壁，这情景让我想起了自己的大学时光。

只是他这人不爱说话，只有你问他的时候，才会回答你的问题。

我不知道他来这个城市做什么，他不说，我就忍住了好奇，没问。

白天我要上班，大概傍晚时分才会回来。有时候下班早的话，我就会叫上他一起打游戏。

这是一个独居男人除了写故事之外的唯一乐趣了。

我住的附近，餐馆、夜宵摊林立。每当到了晚上，到处坐满了出来吃夜宵的人，随处可见各种火锅和小龙虾。

而我却掂量着自己口袋里的余钱还能买几包泡面。

星期五的晚上，刚下班回来。

我们出去吃点东西吧，沈岳说，我请你吃小龙虾。

一听见有好吃的，我精神百倍，好啊好啊。

我们去的那家店在王家河大桥旁边，店名很吓人，叫霸王餐。

沈岳点了两盘小龙虾，又要了四瓶酒，你喝吗？

我摇摇头，我从来不喝酒。

沈岳点点头，那我自己喝。

看得出来，沈岳不是一个擅长喝酒的人，才两瓶下肚就有些醉了，就谈论起自己的人生。

他大学刚毕业的时候，信心满满，相信自己能找到好工作实现财务自由，相信自己喜欢的对象能够陪自己白头到老。一开始也知道生活里会面临各种困难，只是没想到那么难。我以为我能解决的，我以为我能解决的。我以为这一切能被改变，但最后我什么都没有做到。

我不舍地将手里的小龙虾放下，还是给自己倒了一杯酒，与他碰杯。

这可能就是他来这个城市的原因了吧。

这时候，我只适合当一个倾听者。

沈岳接着说，不知道是不是记性变差了的缘故，我每一年都会忘记上一年的许多事。会忘记自己去过某个地方，会忘记很多很多的名字。好像每一天清醒过来，都仿佛过去不曾发生过任何事。你有过这样的感受吗？好像时间越往前，我们能够记住的事情就越少。

原因可能是那些被我们忘记的事情，对于我们来说，都不是很重要吧。

我望着他了无生趣的脸，提起了一个名字，那你还记不记得于小兰呢?

沈岳一怔，才对我说，许久没见过，也不知道她是不是死了。

这话有些恶毒，可我看着他痛苦地皱起眉头，就知道他还没有忘掉那个女孩。

对方只不过是在你心里死了而已。

我想明天去学校看看。沈岳说。

我知道他是想去看看自己的感情发生的地方，无论那段感情是好是坏。

沈岳和于小兰的故事就是从那里开始。

当时，单身了二十一载的沈岳一心想找一个对象，他同学的女朋友就介绍了自己的室友——于小兰。

第一次见面，是沈岳的同学和女朋友约他们俩一起出来玩，然后两人找借口溜走，剩下沈岳和于小兰两个人在田径场里大眼瞪小眼。这时候该做些什么好呢？沈岳检索着脑海里能想到的答案。

随便走走吧。于小兰看着愣了半天的沈岳说。

也好。沈岳跟了上去。

他们居然就这么把我们抛下了。于小兰说。

是啊，要不怎么说见色忘友呢。沈岳心虚地回答。

你平时喜欢什么？沈岳起了个话题。

钱啊，这辈子最大的梦想就是赚特别多的钱。于小兰想也没想就说。

沈岳当时还觉得这是一个特别实诚的女孩。

后来，两个人绕着团结湖走了好几圈，沈岳添加了于小兰所有的联系方式。

回来后，沈岳就开始魂不守舍了，天天念叨那个姑娘，给人家发 QQ，发微信，发短信。

什么都同她说了，就是不说喜欢她的事。

和我一个宿舍的赵土匪跟沈岳也是好友，经常去隔壁宿舍串门。

因为总是看到沈岳傻不拉几的行为，赵土匪忍不住了，你要喜欢人于小兰，就去追啊，不要怂。

但沈岳觉得这样进展太快了，还要等等，不能让人家觉得自己轻浮。

我们作为朋友，对他感情上的事，也帮不上什么忙。

所以有时候沈岳约于小兰出来和我们一起玩，我和赵土匪就会在旁边打趣，其实你们俩很合适，真的。

沈岳和于小兰就红着脸，跟煮熟了似的，就差脑袋冒烟了。

这算是一种潜意识洗脑，没准人家妹子听进去了，这事就成了。

我和赵土匪都是这样想的。

沈岳和于小兰的恋情有进展，还是在大二下学期。

周末的下午，我们五个人一起去隔壁学校的溜冰场溜冰。

赵土匪拉着自己女朋友。沈岳拉着于小兰。

至于我，妈蛋，我女朋友呢？

哦对，当时我还没有女朋友，还是可耻的单身汉。

沈岳和于小兰都是是溜冰新手，滑到哪里摔到哪里，一路撞飞无数人。

到后来，他们俩十米之内都不敢有人接近，场地完全空了出来。

当时赵土匪跟我形容，这两个人还真是一对。

我看着被这两人逼得纷纷下场的其他人。简直天造地设。

后来沈岳和于小兰在溜冰场里不敢滑了，俩人就那么牵着手站在溜冰场中间，一刻也不敢松手。

不知道过了多久，气氛有些奇怪起来，沈岳脑子一抽跟于小兰告了白。

于小兰哆哆嗦嗦地说，等到了安全的地方我再告诉你答案。

从溜冰场出来，沈岳壮着胆子问于小兰，我刚刚跟你表白了你记得吧。

于小兰点点头，记得。

那你怎么想？沈岳用期待的眼神看着她。

于小兰最终还是答应了，两个人从朋友关系转化成男女朋友关系。

当晚，沈岳兴奋地请我们吃饭。

大家一起祝福这两个人，希望不管以后遇见什么困难，都要一直一直走下去。

期间，大家还起哄他们俩。亲一个亲一个。

我到现在还记得他们通红的脸，一半是酒醉一半是害羞。

后来沈岳和于小兰的相处告诉了我一件事，那就是情侣们没羞没臊起来，令人发指。

他们在小树林里亲过，在图书馆里亲过，在教学楼里亲过，在教室里亲过，在水塔里亲过……

口水简直不要太多。

除了情侣之间的腻歪之外，沈岳和于小兰开始做兼职。

他们一开始是一起发传单，这种事很累，一天下来，最多一百块，少的时候只有几十块。

我去食堂打饭的时候，常常看见两个人疲惫地回来，所以后面两个人想了很多赚钱的法子。

卖电话卡给同学，做饮料和方便面的促销活动。

发展到后来，他们两个人不像别的情侣约会，他们大多数时间都花在一起赚钱上。

我和赵土匪还笑话过他们俩，是不是都掉钱眼儿里去了。

只是一句玩笑话，于小兰却很认真地回应我们，物质是生活的基础，你们不知道吗？

沈岳的重心慢慢全放在于小兰身上，对她言听计从。

为了赚钱，两个人也不再发传单，而是做中间人，将学生介绍给需要发传单的人，然后他们从其中拿提成。

整个暑假，他们都在打暑假工。

大三开学的时候，于小兰还特地去小龙城进了很多被子，成本特低。

那玩意还特薄，盖着根本不保暖，于小兰逢人就问逢人就卖。

这样做，有可能会被人指责。

我提醒沈岳这件事的时候，他只是尴尬地笑笑。

看他那表情，我就知道我没必要再继续说下去。

这是他自己的选择，无论好坏，谁叫他选择了这么一个对象呢。

我们有些后悔撮合他跟于小兰了。

不过我们也管不着，只要他自己觉得好就行了。

但事情和我们想象的不一样。

一次聚会，沈岳喝醉了酒。

他哭丧着跟我们说，和她谈恋爱好累啊，我只要一提休息一段时间，她就生气了，说我不上进。这还就算了。每次我让她对我好一点，她都是说，你赚到多少多少钱，我就答应你。你做到哪些哪些事情，我就和你做亲吻之外的事情。这像什么，我是在谈恋爱，不是在给她打工。而且她给我的，哪怕是漏出一星半点儿，我就必须要感恩戴德，不然就要冲我发脾气。

那一天，沈岳将自己心里的不痛快全说了出来。

在这之后沈岳就跟于小兰经常吵架。

但很快他们又和好了，这让我感觉他们的感情随时都在崩溃的边缘。

直到有一天，矛盾爆发了。

事情是这样的，沈岳所有兼职和打工赚的钱都存在于小兰的卡里。每次沈岳想要花钱买双鞋子买件衣服的时候，于小兰都以要节省为由给拒绝了。

可是一星期后，沈岳发现于小兰穿了一件新衣服，牌子货，几千块一件。

沈岳心里有些不舒服，虽然你是我的女朋友，虽然我爱你，可是你不能双重标准啊。

我要花钱的时候，你一分钱都舍不得给。

你要花钱的时候，你多少钱都能投进去。

你还爱我吗？沈岳有了这样的疑问。

爱啊。于小兰一边自拍一边回答。

沈岳就提起了这件事，那为什么你对我这样呢？

于小兰冷冷一笑，那你是不相信我了？那我们还在一起干什么，你和我分手啊。

一提到分手，沈岳就哑火了。

但这并不能解决他心中的愤怒，他恼恨这女生把自己吃得死死的，她知道他不会轻言放弃。

沈岳和于小兰的感情产生了裂痕。

冷战也时有发生，每回都是沈岳过去哄。

这样糟糕的感情，根本就不会长久。

然而到毕业季的时候。

沈岳说，他要带着于小兰回老家，让家里人看看。

这话的潜台词就是，他要娶她了。

他们的行李很多，两个人拿不下，就拜托我送送他们。

我一直把沈岳和于小兰送到校门口。

他们拥抱在一起，亲吻。

走之前一起唱着“你说爱我就跟我走”的歌。

那些吵架、冷战好似从未在两个人身上发生过一样。

一个月后，于小兰就同他分手了。

理由很多，异地，给不了她想要的未来，等等。

她头也不回地走入人群。

沈岳没有追上去，就那么看着她的背影，看着她消失在人群。

他想起第一次见面时，她说的话：钱啊，这辈子最大的梦想就是赚特别多的钱。

他想起那天我们取笑他们俩，她说：物质才是生活的基础，你们不知道吗？

沈岳知道，他只是没去想，一直不肯认清现实，只是因为他不甘心自己的付出。

这一刻他才终于明白，原来他真的不是在和于小兰谈恋爱，他只是用他的感情在给她打工。

也许在她眼里，更廉价。

所以在很长一段时间里，沈岳都在难过。

糟糕的感情就是这样，所有美好都会随着时间失去水分。

故事的后来。

和于小兰分手后，沈岳单身了很久。

有一天，他又来到这座和于小兰相识的城市，他跟我说他要去学校里看看。

我想起毕业那年，我送他们出校门，他们俩牵着手，唱着“你说爱我就跟我走”的歌。

他们在校门口旁若无人地接吻。

然而这个吻没有让他们的感情坚持到最后，在茫茫人海里，他们终于失去了对方。

沈岳迟早也会把她忘得一干二净，因为对他来说，不再挂念会是一件好事。

毕竟在他的爱情里，遇到的不是一个对的人。

那个一直单身的男人

我们恍若时光里一枚叫作走卒的棋子，只要过了河就没有回头路。

随之接踵而来的是告别过去，然而告别有许许多多种方式。

比如在某个生活了几年的大学里毕业。

比如临走时到房东的大门上写下“× 你大爷”。

再比如去和一个刚好出现在自己生活当中又合适的人结婚。

晚上八点，我刚刚打开 QQ，发现以前读大学时建的 QQ 群里，有人丢了一条消息。

这群安静了两年，怎么可能会有人出来说话，我下意识认为这是广告欺诈色情病毒之类的信息。

正想着举报踢人，才发现这是一则婚礼邀请通知。

发消息的人是阿盛。

是的，我当年的一个室友阿盛马上要结婚了。

收到婚礼通知的我，当时就蒙了，这货在我的印象中一直在当着“单身狗”，怎么不声不响就要结婚了。

显然，好奇的不止我一个。

不然那些销声匿迹的老同学们不会都跳出来，群里因为这件事开始变得热闹。

只见八卦之火熊熊燃烧，大家不停问着阿盛问题。

这些人里头，就属赵土匪跟柏青问得最多。

“不会吧，我看你一直单身，还以为你是不婚主义呢。”

“你那个结婚对象是谁？我们认识吗？是不是以前同学？”

“你怎么认识人家的啊？”

“你们在一起多久了？”

“你们准备以后生几个？”

这场面告诉我，这大男人要是八卦起来，比一千只鸭子还要烦。

于是，我将这些喜欢八卦的混蛋一一禁言。

让他们眼睁睁地看着我跟阿盛问问题，看我不急死他们。

憋了一会儿坏，群又慢慢冷清下来，只剩下我和赵土匪、柏青三个人。

“你放心，婚礼那天我们肯定到。”我们三个人做着保证。

婚礼当天，新郎阿盛出来接我们。

他叫上我们几个一起躲到酒楼的包厢里喝酒。

我的惯例是雪碧和可乐。

赵土匪和柏青怒斥我："你简直就是一个王八蛋！这么喜庆的场合你居然喝饮料！滚过来一起喝酒！"

我慢悠悠端起装可乐的杯子："喝可乐怎么了，就算以后我结婚敬客一圈也是喝可乐。"

阿盛摆摆手："别管他，这小子从来就是这样，我们喝我们的。"

大家围在一起说了自己毕业以后的经历，都去过了哪些地方，做过了哪些工作。

聊到兴头上，柏青把酒杯往桌子上使劲一拍："我那破公务员，每天没啥事可干，领导又喜欢带着底下人应酬，妈的，我真不愿意和他们喝酒。"

赵土匪嗓子里也冒着话："我毕业了以后在一投注站工作，每天都有人来我这儿买彩票，每个人都希望自己能中大奖，屁的大奖，没有一个人想着好好工作，都把发财梦寄托在好运上。"

非要对这些事情说一些感慨的话，也许这就是生活吧，越难，就越想要自己能靠好运气改变命运。

换了一个话题，赵土匪和柏青又开始了八卦："对了，你和你对象到底怎么认识的？"

"对啊，之前在群里问你也不告诉我们，难不成有什么秘密？"

阿盛有些醉了，嘴里吐着脏话："屁的秘密，我们就是相亲认识的，双方家庭条件差不多，各方面也挺合适的，处了几个月就商量把婚结了。"

我很惊讶："我以为你单身那么久是想找一个好对象，怎么现在你这么草率。"

阿盛听后沉默了半天，我瞧得仔细，他的眼中有泪水在淌出来。

"其实那时候我不是单身。"他咬咬牙说。

接下来的是一个瞒住了所有人的故事，就像是一座巨大冰山融化在海底，除了温度，悄无声息。

早在阿盛高中毕业时，他就交往了一个女朋友。

阿盛说那姑娘就跟月季花一样漂亮，名字就叫月季好了。

月季家里都是一群老封建，特别在意男女贞洁方面的事情，生怕子女会在贞操上坏了自己的面子。

月季一个月回一次家，每次回家第一件事，就是被这些可怕的亲人们询问："你还是不是处女？你有没有在学校交男朋友？"

所以阿盛如果想要跟月季恋爱的话，就必须跟干革命似的，做好感情的保密工作。

阿盛当时喜欢月季，义无反顾地答应了她的这个要求。

于是在这份感情里，阿盛就充当了一个烈士的角色。

也从这天起，阿盛和月季就开始了一段严防死守绝不透露的地下恋情。

两人在高中毕业以后被不同的大学录取，阿盛留在了湖南，月季去了福建，两个人从此分隔异地。

地下情再加上异地恋，可以说全天下最不靠谱的两种感情模式就这么落在了阿盛的身上。

每次阿盛和月季见面的时候，只要有熟人在场就必须要假装陌生人，只有在没有外人的时候才允许牵手，这种事情，我光想想就觉得难以接受，更何况还要坚持四年那么久。

换了别人，恋爱关系成立当天就肯定要满世界地嚷嚷自己有了女朋友，巴不得全世界的人都知道这个消息。

但阿盛不能，他要憋着所有事情。这样造成的直接后果就是一大堆日本女人挤满了他的硬盘。而我们那栋楼的男生们几乎都到阿盛这里下小电影。阿盛因为这事有了个外号“攒片狂魔”，声名远播。

我和赵土匪他们几个人在背地里讨论过这件事，最后讨论出来的结果是：单身真的好可怕。

阿盛除了这个荣誉称号以外，在我们这些室友眼里还比较神秘，因为每次碰上情人节之类的日子，他都会消失个几天才回来。

我们问他去了哪里，他总是告诉我们说自己去附近的城市散心旅游了。

年轻人喜欢远游，很正常，我们也没有多想。

其实阿盛是去福建找月季了。

他没有进她学校的校门，只是在附近的一个车站的站牌下面等她。她每次和阿盛约好的地方都在这里，见了面也不多说什么话，两个人赶紧坐上开来的公交车，去市里吃东西逛街。

这次的情人节礼物，阿盛也准备好了，是个星空投影灯，他看着她塞到包里，满心欢喜。

这些事情全部做完以后，阿盛赶紧送月季回学校，因为比较晚了，怕宿舍阿姨关上了大门。到学校附近后，月季朝阿盛挥了挥手："好了，就到这里吧，我不想被同学看见。"

反正月季是不会留下来和阿盛过夜的，阿盛就只好一个人孤零零地去了租的宾馆房间。

第二天，月季出来领着阿盛在这个城市逛，不过每次都先要去到离学校很远的地方。

头一回，阿盛觉得人心才是世界上最遥远的距离。

从大一到大二，整整两年时间，每年都有那么多给情侣们亲密度过的节日。

阿盛去月季学校的次数多了，无疑会增加被人发现的危险。

月季皱着眉头告诉阿盛："你还是得减少你来的次数，你每次来我都提心吊胆的。”

阿盛艰难地点了点头，同意了。

月季继续说道：“对了，你没有在学校被同学朋友发现有女朋友吧？”

阿盛无奈地回答她：“没有。”

月季松了一口气：“那就好。”

可是阿盛觉得一点也不好，他真的很希望这份感情能够在人前光明正大，他希望在我和赵土匪他们取笑他的时候，大声告诉我们：“笑个屁，老子有女朋友！老子不是三千万光棍里的一个！”

大二下学期，十一长假。我们没有地方可去，只好去做兼职。而阿盛又从学校消失了，我们早已经习惯了他的这种行为，这小子肯定又去哪个城市散心旅游去了嘛。

其实他还是去找月季了。

阿盛一边走一边跟月季说着自己在学校的经历和糗事，走到无人的地方，阿盛伸出手去牵月季。

月季手一缩，就从他的手掌里抽了出来。

阿盛脚步一顿，月季问：“怎么了？”

阿盛失望地摇摇头：“没……没什么。”

还是在等会儿送她回去的时候，给她一个拥抱好了，阿盛心里盘算着。

眼瞅着前面就快到了学校，阿盛还没准备动作。

月季停下来跟阿盛说："之前我和你说的事情你都记住了吗？"

阿盛有点没反应过来："之前什么事情？"

月季有些不耐烦："就是让你减少来我这里的次数。"

阿盛目光一闪："那以后每次过情人节圣诞节这类节日，我为你准备的礼物怎么办？"

月季想了一个办法，让阿盛将每次准备给她的礼物都存在一起，等再来的时候一次性送给她。

阿盛同意了。

于是，我们发现阿盛在节日里突然消失的次数骤减。

我们一致认为是阿盛在外面散步腻了，不愿意浪费时间出去了。但我却发现阿盛又有了新的怪癖，就是他会在每个特别的日子里给自己买一份礼物。

就是那些乱七八糟给情侣们由头相聚的节日，他都会出去挑很久的礼物。为了方便收集，阿盛还买了一个新的行李箱，超级大，专门用来存放这些礼物。

我们对他的行为也是一头雾水，只能说"单身狗"都无法理喻。

大概是因为这件事的关系，同学们都开始取笑阿盛的单身，谁叫这事这么可乐呢。

有一次赵土匪按捺不住心中的好奇问阿盛："你买那么多礼物

回来有什么用？你又没有女朋友。”

阿盛笑呵呵地说：“没关系，那我就存着给以后的女朋友。”

可我分明看阿盛转身的时候，表情有些落寞，他是有什么心事吧。

时间太快，总是将我们抛在脑后。

大三那年，我跟赵土匪他们经常出去找兼职做，阿盛也参与了进来。

只是阿盛每次赚的工钱都会留下一部分用来买礼物。

我们都很佩服阿盛，能把买礼物给自己这件傻事坚持这么久。

那个大行李箱已经快被阿盛塞满了。

我周末趁阿盛不在的时候去提过那个行李箱，实在太重了，我一个人提不起来。

赵土匪也试过，累得够呛。

再后来到 2013 年的夏天，我和朋友赵土匪不愿意在外面跑零活，又面临毕业找工作，就想着创业，一起在学校后街开了一家咖啡书屋。

而阿盛在当地的一家报社跑新闻。

我们都在同一栋楼租的房子。阿盛住在四楼，我住在三楼。

有一次我打烊关店回房间休息，听到楼上阿盛的房间在放小电影。

因为声太大，响彻了整栋楼层。

我在底下自言自语了半天："单身真的好可怕！单身真的好可怕！"

日子过了一天又一天。

阿盛不出去跑新闻的时候，会来找我们聊天。

说一些采访时遇到的人和事，聊房东的抠门儿。

每次房子还没到期就来催着我们交房租，还一边叫嚣要停水停电，态度十分恶劣。

我们商量了很多报复房东的办法。

而阿盛除了时常心情不好以外，就再没有别的什么异常。他依然会在节日里买礼物送给自己，真够坚持的。那个装礼物的行李箱也搬到他四楼住的房间里了。其他人都已经习惯了他的怪癖。

我却觉得背后肯定还隐藏着什么原因，会是什么呢？我想破脑袋都没找到原因。但他不愿意说，我也不好去问。

实在是阿盛保密工作做得太好了，瞒过了天下人，也包括自己。

久而久之，甚至连他自己都快认为自己是单身了。

虽然他知道他不是。

可阿盛都有些记不清月季多久没有联系过自己了。

一个月，半年，抑或是一年。

阿盛不知道，他只知道很久很久了。

真的是很久很久了。

有一次阿盛在自言自语："我还是去看看她吧，没准……月……是遇上什么事。"

我没有听清就问他："什么？"

阿盛微微一笑："没什么，明天我准备去福建，你们送送我吧。"

第二天我和赵土匪他们送阿盛到火车站。

阿盛拖着那个大大的行李箱，我一看就认出来是装礼物的那个。

阿盛终于到了福建。

他知道她在这座城市里。

因为见她的心太急迫，他连行李都没有找地方安置，就径直去了月季的学校。

只是快中午了，学生们都还没下课。

她会在哪间教室里呢，阿盛走过一间间教室。

这里也没有，那里也没有，她到底在哪儿，阿盛心里有些急。

丁零零，铃声在这时候响了。

学生们都从教室里涌了出来。

在那儿！她在那儿！

阿盛看见她从前面那间教室走出来了。

阿盛脚步一快，想过去跟她打招呼，可是突然又停了下来，他看见她和一个男生在有说有笑。

阿盛双眼冒火，这是情敌！

他远远地在月季他们后面跟着。

远远地看他们一起去食堂吃饭。

远远地跟着他们一起去逛街，大街上车来车往，看见他用手臂护着她。

就跟护犊子似的。

妈的，这两个犊子！

这两个犊子！

阿盛在人群里一边破口大骂一边号啕大哭，原来那个男生不是情敌，是成功挖完他墙角的小三，他都没有在外边那样搂过她。

对阿盛来说，在这里之前最难的选择是中午去食堂还是点外卖。

现在对他而言最难的选择是过去见她还是离开。

最终阿盛选择了后者，头也没回。

其实我们的人生很像一盘象棋，每个人都会在需要做选择的时候变成一颗棋子。

正如此刻，阿盛是一枚走卒，他觉得自己只要过了河，就再也不会回头。

因为他和月季的一切已经在刚才结束了。

阿盛在大街上漫无目的地走着，脑袋一片空白。

那一天恰好是西方的圣诞节，他本来带了一箱子礼物，想给她个惊喜，只是现在都用不着了。

他孤单地坐在街边，跟那条朝他摇尾巴的流浪狗似的。

许许多多的情侣都在步步高超市门前的广场上，他们在布置的圣诞树下合影。

阿盛望了他们很久，他真的很羡慕他们啊，能够和自己爱的人拥抱、亲吻。

阿盛想了想，打开了箱子。

他要将这些存了很久很久的礼物，全部送给街边的情侣们。

送出去一件又一件，箱子里的礼物越来越少。

有个小姑娘指着阿盛跟妈妈说："妈妈你看，那是不是圣诞老人？"

阿盛心里自嘲："是啊，连女朋友都是别人的了，没有比我更称职的圣诞老人了。"

阿盛从福建回来后，总是一言不发。

我跟赵土匪他们开他玩笑："怎么回来愁眉苦脸，是不是失恋了？"

赵土匪鄙夷了我一眼："他一单身怎么可能会失恋。"

沉默很久的阿盛突然笑了起来：“是啊，我一直就是单身。”

之后没过几天，我们大学毕业。

我们都不愿意去参加毕业典礼。

我们在搬出租房的时候，偷偷的在房东门上留下“× 你大爷”几个字。

我们都得走了。

不用再去上课，以后也不用去了。

我们以为不去参加毕业就不用告别青春，告别过去。

但这一切还是会过去。

正如后来所说的那样，我们几个一起去参加阿盛的婚礼。

他告诉了我们一个关于他一直单身的故事。

婚礼结束后，他向我们告别。

我们跟他道别。

关于阿盛的故事结束了，里头所有的遗憾也都在时光里留在了过去。

我想起那一年我们嘲笑阿盛单身，阿盛突然笑了起来，他认真地跟我们说：“是啊，我一直就是单身。”

我想那时候他肯定很难过吧。

勿忘初心，方得始终

毕业后，生活得跟蚂蚁一样，日子过得艰辛又毫无生趣。

我和一同毕业的几个朋友赵土匪、柏青、阿黄，为了解决心中的苦闷，就创建了一个发泄群。用途是相互给对方加油打气，聊自己最近遇到过的糗事。

因为当时大家的工作都不稳定，干不了多长又会换一份新工作，所以搬家租房子就成了我们这群人的常态。

久而久之，我们就喜欢将租房子时遇到的事情当作各自的谈资。

比如猜测上一个住户是男是女，是美是丑，有没有什么怪癖，是不是有什么东西忘记带走。

有次阿黄和我们说，他住下的那个房间，以前肯定是一个大胸美女住的。

我们问他，何以见得?

阿黄把他打扫卫生时,从床底下拽出来的女式内衣拍给我们看。

大红色，D 罩杯。

阿黄一本正经地跟我们解释，像这么骚气的颜色，不是美女根本撑不起来。

赵土匪却有些郁闷，他说他就没那么好运了，墙壁上到处都是黄斑，不知道是谁缺心眼抹了一墙壁的染色体，太恶心了。

不过玩笑归玩笑。

其实这些被租的房子,一进去,大多数时候只能看到一片狼藉。

会有挂了好几个月已经发黑的毛巾，会有藏在床底下霉烂的水果，会有因为漏水长出大片大片苔藓的墙壁。

这些狼狈让你知道，那个曾经住在这个房间里的人，已经随着时间腐烂了所有生活过的痕迹。

有意思的是，总是有人落下几样完好的东西。

也不知道是他们故意没带走，还是别的什么原因。

当初我租下的那个房子,有一个阳台,一个卧室,一个杂物间,也有厕所有厨房。

床头的墙壁上贴着一张红心环绕的男女相拥贴纸。

照这样看来，上一个住户是一对情侣没错了。

在我整理电视机下面抽屉的时候,在最下层发现了一个记事本。

我坐到还没铺好的床上，偷看了里面的故事。

是用第三人称记录的。

第一页。

当你们走过热恋期，对待感情有些倦怠的时候，想想彼此第一次心动的时刻，他在你心中是什么模样。

那一刻你仿佛看不见别的，眼里只有他的存在。

当时你不知道你们以后的日子会变得平淡，所以当现在你们的关系趋于平静，你会有一种不知道还爱不爱他的错觉。

但那不是真的，错觉只是错觉。

在你们恋爱时间还不长的时候，他形容你就跟水一样，被冻着的时候特别坚硬，看起来冷冰冰的，生人勿近。可不管再坚固，水就是水，它迟早会有被人融化的一天，然后和那个温暖它的人融为一体。

你知道吗？

你最初那副害怕生活的模样让他一直都想要温暖你。

他想让你知道，这个世界上不管发生多少不开心的事情，遇见多少让你不高兴的人，都会有那么一个人存在，他永远不会丢下你，永远对你好。

不管你何时何地感到心慌，只要你联系，他就一定在。

如果他没有回复，你千万不要担心不要瞎想，只是因为他没有看到你的消息，如果他看到，他绝对第一时间找到你。

他只是想给你一个不再恐惧生活的答案——让你以后不会孤单。

可是你知道吗？在他遇见你以前，他也是被冻上的水啊，他以前也很坚固啊。

直到遇见你，他才愿意为你融化，为你改变。

第二页。

当时他和朋友开了一间咖啡书屋，你常常去他的店里看他。

当时你们喜欢坐在一起低语，憧憬美好人生，你们的手指慢慢靠近，像两只小蜗牛，探探触角，想靠近又不敢靠近。

有天你们一起看《机器人总动员》的时候，你哭得很厉害。

不知道你有没有注意到他悄悄握住了你的手，想让你感到心安。

后来你再来的时候，就老是喜欢盯着他看。

他很喜欢你望着他。

但你表现得特别羞涩，他一注意到你的目光你就别过头去，你说不能再盯着他看了。

他问你，为什么？

你说每次看他的时候，都忍不住想亲一亲他。

他笑着和你说你们的感情是命中注定，是自然而然地相互喜欢。

当时你一直觉得自己是个无人理解的小怪兽，所以当你觉得你找到另一只小怪兽的时候，你高兴得不得了。

他也觉得特别高兴。

第三页。

你还记不记得他第一次亲你的时候，你笑场了。

你还记不记得你第一次在他面前哭的时候，他安慰你说什么都会变好，那些不好的事情都已经过去了。

你还记不记得你让他发誓，不管以后发生什么，都要他一辈子站在你的这边。

他都记着，都牢牢记着。

你和他谈起自己小时候的经历，不怎么快乐的童年。

有一次你父亲给你打电话和你聊起从前，你在他面前哭得泪流满面。

有一次你被他感动，说从来没有人对你这么好。

你趴在他的腿上哭。

你躲到他的怀里哭。

你第一次在一家地下商场剪去自己的长发。

你只是失落人生的些许变化，可他却在心疼你的改变和坚硬。

为这个，他背地里难过了很久，他发誓这一辈子要对你好，要让你有个美满生活。

他多么想保护好你啊！

第四页。

你还带他去过你童年的秘密基地，去过小时候读书的学校。

你带他去大学后边的山顶上，坐在石头上听动车经过的声音。

这个夏天快要过去的时候，你们一起在汴河街在洞庭湖边拍照。

你穿着白花花的裙子，穿着一双他喜欢的蓝色高跟鞋。

你们摆了很多姿势，手挽着手。

那些照片他都还留着。

两年了。

第一次遇见你的时候你为他折的红心，他也还留着。

大学的时候你每个周末都去那个咖啡书屋看他。

为了见你，他放假不回家，那个时候已经是冬天了，已经没有房子租住，学校里也基本没有人再逗留。

可他依然选择睡在店里的吧台下面，被子薄，天气冷，但是他一想到第二天能够见到你，心里就特别温暖。

还记不记得，你们一起窝在店里的吧台下面看惊悚片，这是你特别喜欢看的类型，但你每次看的时候自己胆小捂着眼睛，但是另一只手却扳着他的脑袋。

你说你喜欢看到他胆小的表情。

你说你喜欢看到他不停跟你解释。

他仿佛有很多话跟你说，其实他只是喜欢和你说话。

第五页。

你在那间叫沙漏的咖啡书屋里为他做眼保健操，而他给你捏脚摸背。

你帮他在店里做大扫除，他给你做你喜欢喝的康宝蓝。

你经常怕他饿肚子就会给他带一份饺子、馄饨，他在炎热的时候不睡觉给你扇风降温。

你和他一起在那里过了他的21岁生日，当时你说你很想吃生日蛋糕，因为小时候很羡慕别人家的小孩生日有。

后来你们俩一起分着吃了一个两人份的小蛋糕。

你还说你想要在六一儿童节的时候去肯德基吃儿童套餐，因为小时候别的父母都带自己的孩子去吃。

你知道吗？当听见你这些话的时候，他心里觉得特别难受。

他和自己说，以后会有他来心疼你。

有次在学校约会完送你去搭车，在路上碰见一条狗，你使劲朝着它汪汪叫。

你怕他嫌弃你的古怪。

可是他一直握着你的手没有松开，他知道自己永远都不会嫌弃你，他还会陪着你一起作怪。

第六页。

大学毕业那天你和他一起在水库玩，你说你力气大，硬是背着他在坝上走。

然后他又将你背回来。

那天火车经过的时候可真好看啊，那些灯光倒映在水里，美丽极了。

但在他心里，更美丽的是你。

后来天黑了，他骑着电瓶车送你回去。

当时他心里特别紧张，欢喜，因为那个全世界他最爱的姑娘就坐在他的身后，在抱着他。

你知道吗？

在他的心里，你永远都是那个长发飘飘喜欢跟着他到处去吃小吃的小女生。

是那个要和他约会前，烦恼不知道穿哪件衣服的姑娘。

是那个一天要看好几遍熊爸爸日记的熊宝宝。

是那个经常对他说“熊爸爸，我们是时候秀一波恩爱”了的小公主。

你常常跟他说，熊爸爸，你爱不爱我呀。

你常常跟他说，熊爸爸，我们去哪里吃东西啊。

他总是认真回答你，很爱很爱，你想去哪里就去哪里。

当他听见你说你要为他变得勇敢一点，要为这份感情努力的时候，当他听见你说你会一直在，不骗人不骗人的时候，当他听见你说只要他不放弃你就不会放弃的时候，他都无比感谢上天，你是老天送给他的一份珍贵礼物，他一定要好好保护好你。

而他也想成为你生命里最重要的人。

你跟他说，要和他一起珍惜每一天，即使哪方有了意外，在回忆这段感情的时候，也可以不留遗憾。

你跟他说，我们现在要做的，就是珍惜，我很珍惜你。

其实他也想说，他也很珍惜你。

第七页。

两年了，你们逛遍了岳阳的所有吃小吃的地方。

一起看电影，一起玩英雄联盟的游戏，虽然他技术渣老被你嫌弃。

但他只是想两个人在一起的时间能多一点。

他总是叫你宝宝，在这个词还没有流行前他就这么叫你了，当时是因为你们一起看的一部外国电影《熊的故事》。

于是从那天起你开始喊他熊爸爸，他开始叫你熊宝宝。

他总是记得你说你会喜欢他写的故事，会喜欢他的唠叨，会喜欢他这个人。

你会时常看一下他的 QQ，看看有没有在和别的女生聊天。

你会什么事都跟他说，吃饭都舍不得不看他的消息。

会在见面的时候，隔老远看见彼此，你会面带惊喜飞跑过来给他一个大大的拥抱。

你为他写了一篇故事，叫作《不勇敢的遗憾》。

你说你特别喜欢这个故事。

他也特别喜欢。

第八页。

第一次在一起过年守岁的时候，你困得不行，可你就是忍着不睡，硬要等到十二点给他发新年快乐，和他说自己的愿望是以后要一辈子跟他在一起。

他很开心，因为他的愿望也是如此。

后来他回了家里。

每次你坐车去看他，他都特别快乐，只是分别的时候又特别舍不得。

记得有次送你回去，在镇上的车站，你给了他一个拥抱，用了特别大的力气。

这让他想起以前你说的一句话，你说拥抱你的时候一定要用最大的力气，要让你紧紧透不过气来。

这样你才会感到自己特别幸福，特别充实有安全感。

可是时间久了，在你心里，因为日子平淡，你们的联系变少了，你以为他不再是你倾慕的少年。

你不再将他的夸赞当真，以为他只是因为喜欢你才赞美你。

可是你知道吗?

你任何被别人称道的美丽，都比不上他第一次遇见你。

那个爱发脾气的你，爱笑的你，吃醋的你，难过的你，做了坏事的你，讲原则的你，可爱的你，善良的你，温柔的你。

还有那个喜欢搞怪做鬼脸的你。

你所有的美丽都存在他的脑海中，所以他越来越爱你。

他以前有一个人生梦想是建一座图书馆，但遇见你之后又多了一个。

那就是和你生活在一起，让你能够一直快乐生活。

只是你越来越像个倔强的小兽，怕受伤怕难过怕被放弃怕遗憾，就慢慢放纵冷淡你们之间的感情，但他希望你放心。

他一直都将你当成生命里的一部分，你是他未来蓝图里很重要的一笔。

因为他知道这个女孩就是他这辈子要找的人，绝对不能放弃。

你不知道，他每次看到你，心里都特别充实满足。

你撒娇，你皱眉，你穿了新鞋子，你穿了新衣服，你的万般模样都出现在他的眼里、心里。

不是他要夸你，是真的非常好看啊，你真的是全天下最好看的姑娘啊!

他怎么看都看不够。

他怎么想都想不够。

看着你，他都不愿意将目光浪费给别人。

第九页。

如今，你们在一起两年了，一起拥有了那么多美好的回忆。

他只希望你不要再让他难过难受。

你是他发誓要一辈子去爱的人。

他也是你曾经发誓要一辈子不放弃的人。

不管未来如何，不要再伤害他。

对于拼尽全力也要和你在一起的人来说，你的放弃才是对他最大的折磨。

一起找回从前相爱时的感觉吧。

生活的事，你不要去操心，不要自己乱想，他会去想办法，你只要继续爱他。

你只要继续在乎他，他就有动力去拼搏。

他不怕麻烦和辛苦，他只怕自己一不小心就失去了你。

他很爱很爱你。

如果以后遇上困难的话，多想想你们俩的美好，多想想这四个字：勿忘初心。

他走上这一生，不图别的，只为好好拥抱你。

就这些吧，你多保重

袁耀华租了三年的房子不打算再继续租下去了，他有许多行李需要人帮忙收拾。

恰巧我上班的地方离他比较近，就叫上了我。

之前由于我才来这边上班几个月的缘故，烦琐事多，也就没去看他。只是没想到我第一次上门，就是来替他搬家。

我仔细参观了他即将要离开的这个地方。

一个主卧，一间厨房，一间厕所。面积都不大，但收拾得井井有条。旁边桌子上甚至还放了两盆花。一盆是勋章菊，一盆是风信子，开放得特别漂亮。

这样的布局，这样的安排，我想这间房子铁定还有个女主人。

毕竟，袁耀华这个粗糙男人干不成这么齐整的事。

这时袁耀华收起了挂在外面的衣服，一件件地塞进自己的箱子里。我一边检查遗漏一边问他："接下来有什么打算？"

袁耀华心不在焉地回答我："先回一趟家吧，毕竟有几年没回去过了。"

"也是该回家了。"我附和了一声，刚好从床底下摸出一双女式拖鞋，这验证了我之前的想法，我拿起来问他："这双鞋还要吗？"

袁耀华一愣，转过头去，嘴里生硬地挤出三个字："不要了。"

"那，这两支牙刷呢？"

"用不着了。"

"抽屉里这些女生用的发卡呢？"

"也不拿了。"

我时不时找出一些东西问他，他有一搭没一搭地回话。

四周的墙壁上有那种温馨花纹的贴纸，为房间增色不少，我赞叹道："真不错，这些肯定都是你女朋友的杰作吧，她人呢？"

袁耀华停止了收拾："她搬走了。"

我下意识问了一句："为什么搬走了？"

没想到我这一问，袁耀华眼眶立马红了，一大老爷们，眼泪在眼睛里打转，这场面有些难以形容。

他强忍了片刻，他的故事才"啪叽"一声掉了下来。

从眼里落向地面，仿佛下了一场滂沱大雨。

三年前袁耀华从一所二本学校毕业，因为没有急着去找工作，父母狠心断了他的经济来源。

那是他记忆里最深刻的一段时光。

因为他在自己人生最贫困潦倒的时候遇到了一个女孩。

当时他的生活状况，只有一个字，穷。

穷到什么程度呢？一个月没有几天吃饱过饭，没有菜，买一瓶野山椒就饭吃。

有时候连续两天没吃东西，就光喝水。

几番折腾下来，袁耀华面无血色，走路脚软。

为了不再饿肚子，袁耀华出去做兼职，在汴河街发了半个月传单。

干这活儿一般是两人一组，和他搭档的是一个女孩，叫卢静雯。

她才读大三，还要一年才从学校毕业。

可能是同甘共苦的缘故，两人交换了联系方式。

有一次干完活儿，两人坐在广场的石阶上，袁耀华问卢静雯："你今后有什么打算？"

卢静雯的想法是："当然是毕业后能尽快找到一份稳定的工作，找个靠谱的男朋友，然后结婚生子，除此之外还能有什么打算。"

袁耀华打趣道："我今后的打算是找份稳定的工作，找个靠谱的女朋友，然后结婚生子，白头到老。”

他们都是这个城市里普普通通的年轻人。

对于未来的构想也简简单单。

毕竟现在的他们还没有承受过严重的负担。

卢静雯盯着袁耀华看了半天：“算时间，我们都发了半个月传单了，你没想过去找一份正经工作吗？”

袁耀华无奈地告诉她：“好工作哪有那么好找，我想先看看再说。”

卢静雯继续开口：“我昨天找了一份家教的兼职，给的钱比发传单多，所以明天我不会再来了。”

袁耀华一愣，没有想到这个一起发传单的战友即将要转移阵地。

“那我请你吃一顿饭吧。”他说。

卢静雯拒绝了几次，最后还是被袁耀华拉到了路边的小餐馆，点了三个菜，一个火锅。

他一天的工钱就去了七七八八。

卢静雯有些不好意思，也跟他发出了邀请：“有空的时候就来我学校找我吧，我也请你。”

袁耀华满口答应。

晚上八点多的时候，他送她搭上了回学校的最后一班车。

途中，卢静雯给袁耀华发信息：“我快到了，你也记得早点回家。”

袁耀华看到这条短信，心里突然暖了一下，也回了信息过去："我也很快就能回去了。"

打这些字的时候，袁耀华正在路灯下走着，他没有去站牌等车。

说实话，他也犹豫了很久，但口袋里只剩下两块钱。

如果他搭了公交，那明天连早餐都没得吃。

最终他决定走路回去，大概要走过七条街，经过王家河大桥，再走十分钟才能到。

他捏着口袋里的钱，脑海里都是奔腾的想法，人怎么能落魄到这种地步呢，真是穷到连乞丐都不如了。

一星期后，袁耀华去卢静雯学校找了她。

她刚上完课回来，带着他在学校逛了几圈，就上后街吃了点东西。

袁耀华脸皮薄，哪能让女生出钱，就打肿脸充胖子抢着付账。

这一来一往，两人交流频繁，这样的请客次数就多了起来。

袁耀华的经济状况变得越来越差，原来他还只是穷，现在已经变成特别穷了。

这次见面，袁耀华又想着先付账，卢静雯有些生气："你要再这样，以后就别来了。"

袁耀华尴尬得不知道说什么好。

显然卢静雯是个很直接的女生，她又问了一句："你是不是喜欢我？"

袁耀华没料到她会问得这么突然，讪讪地看着她："很明显吗？"

卢静雯没好气地回答他："你都快饿死了还要请我吃饭，还不明显吗？"

袁耀华："那我能追你吗？"

卢静雯："你先找份工作再说，等有钱吃饱肚子，有力气了再来追我。"

袁耀华一回去就推掉了发传单的工作，开始老老实实在网站看同城的招聘信息。

只是没了收入来源，他只好买来一堆方便面和挂面。

每次泡完方便面剩下的汤，用来煮挂面，这样又能吃一次。

很快他找到了新工作，从最基础做起，工资不多，但比发传单好太多。

至少他一日三餐有了着落，不用再饿肚子。

这让他原先惨白的脸渐渐有了血色。

于是，选了一个周末，袁耀华把卢静雯约了出来，和她聊了一会儿自己找到工作的事。

卢静雯见他找到新工作，很为他高兴："那恭喜你啊，不用再饿肚子了。"

袁耀华："还不止呢，我感觉我现在力气特别大，我现在可以追你了吗？"

卢静雯笑骂：“你这是饱暖思淫欲啊。”

袁耀华目瞪口呆：“你这么豪爽的妹子真的不是男人假扮的？”

卢静雯翻了个白眼：“你看我这大长腿就知道我是个女的。”

袁耀华无意识地摸了过去，嘴中喃喃：“皮肤是挺滑嫩的。”

卢静雯脸一红，踹了他一脚：“你干吗？！”

反应过来的袁耀华脸红得比卢静雯还厉害，哆哆嗦嗦地说话：“我，我，我不是故意的。”

卢静雯叹了口气：“这下好了，清白也被你毁了，我不做你女朋友都不行了。”

袁耀华不敢相信自己的耳朵，他试探地问了一句：“那我还能再摸一下吗？”

卢静雯恼羞成怒，抬腿又是一脚。

挺疼，看来是真的了。袁耀华心里想。

这次亲密接触后，两人进展迅速。很快，为了见面方便，卢静雯决定搬出来跟袁耀华一起住。

继续住原来租的房子是不行的，袁耀华退掉了房子，在卢静雯学校附近又租了一间。

一个主卧，一间厨房，一间厕所。面积不大，但容纳两个人一起生活，绰绰有余。而且她的学校在新开发区，房子要比原先的便宜，很划算。

只不过令卢静雯觉得遗憾的是这个房间没有阳台。如果有的话，就能摆几盆花，放一张躺椅，美美地看书享受时光。袁耀华信誓旦旦地告诉她以后只要赚够了钱，就买个大房子，有阳台的那种。

他们都相信美好的愿望会有实现的一天。

之后他第一次跟卢静雯牵手，是她下了晚自习，袁耀华带着卢静雯去操场散步。

那里正好有几条“单身狗”在跑步。两个人故意在他们旁边走了几圈，给他们造成暴击伤害。

恋爱的人都是这样，为了秀恩爱，简直就是令人发指，简直就是丧心病狂！

而两人准备接吻的时候，因为都是第一次，卢静雯说不能草率，这是他们人生里很重要的一刻，要特殊一点。

袁耀华和卢静雯讨论良久，最终决定在校门口接吻。于是，两人选了一个黄昏，在保安大叔直愣愣的目光下，完成了这第一次接吻的史诗仪式。

只是两人都是头回，嘴生，鼻子总是撞到一起。亲完后卢静雯小声问他：“我们这样是不是有点矫情啊？”

袁耀华：“别管这些了，趁保安没来赶我们，我们再亲一口。”

卢静雯赶紧别过头：“不行，你就知道占便宜。”

袁耀华义正词严地说道：“我哪是占便宜啊，我只是刚刚没亲好，我们重来。”

此后，就像童话里写的那样，袁耀华和卢静雯都过上了没羞没臊的生活。

袁耀华一个月只有四天假。还好，两人住一起以后，晚上的时间都归他们。

因为平时要上课的关系，卢静雯每天都会起很早，也会催袁耀华起床。

时间久了，就成了一种习惯。

袁耀华的作息时间就是白天上班，晚上陪卢静雯上自习。有时他放假的时候，卢静雯还在上课，袁耀华也会过去蹭课。

有一回袁耀华陪她上英语课，两人在底下打情骂俏，本来大学老师都是只顾说自己的，不太管纪律。

可这次，英语老师心情不太好，盯上了袁耀华，黑着脸说："请卢静雯旁边那个男生来帮我翻译一下这段话，用英文。"

袁耀华咳嗽两声，装模作样站了起来，好在毕业没多久，以前的底子还在，他轻轻松松翻译了出来。

英语老师只好让他坐下："以后不要在我的课堂上太吵，影响上课。"

袁耀华小声嘀咕英语老师是不是吃错药了。

英语老师耳朵尖，一听这话就指着袁耀华说："把名字告诉我，这学期考试你还想不想及格了？"

袁耀华毫不在乎地将自己名字告诉了英语老师："不及格就不

及格，谁怕谁！”知道真相的卢静雯在底下使劲憋着笑。不知道这老师要是知道她男朋友根本不是这里的学生会怎么想。

两人住的房间虽然面积不大，但卢静雯收拾得井井有条。

她是真的将这个小地方当家一样经营。

她买了情侣牙刷。

她买了许多五颜六色的发卡戴给他看。

她买了两个人穿的情侣拖鞋，一双大的男士拖鞋，他穿；一双小的女式拖鞋，她自己穿。

卢静雯还买了那种有花纹的温馨墙贴，贴满墙壁以后为房间增色不少。

临近冬天，天气寒冷，两个人喜欢躲在被窝里看电影。卢静雯躺袁耀华怀里问：“你说我们在一起算不算缘分？”

袁耀华抚摸着她的头发：“缘分其实是两个人恰好都在渴望同一件事，我们要在一起。但能不能在一起，能不能一直在一起，还得尽人事，看天命。”

卢静雯笑了起来：“那你觉得你遇见我是好事还是坏事？”

这时袁耀华手有些不安分：“当然是好事啊，我遇见你，就好像在我人生最低谷的时候攀上了一座高峰。”

卢静雯掐了他一把：“我怎么感觉这话有些不对劲，你个臭流氓。”

两人在嬉闹中睡去。

第二天，两个人还去花卉市场买了两盆花，一盆风信子，一盆勋章菊。

都摆在卧室的书桌上，细心照料。

一年后，卢静雯毕业了，她也要开始找工作，而袁耀华已经在工作的公司做到中层。

他工资高了一些，闲暇时间也多了一些，但卢静雯又开始忙了起来，忙着找工作。

两人的境遇好像对调了过来。

因为没有找到工作，卢静雯变得急躁。

袁耀华安慰她："很快就能找到的，别担心，这不还有我吗？没工作我养你啊。"

这话说了还没几天，袁耀华公司因为不景气裁员，他上了被裁的名单。

两个人都成了无业状态，生活更窘迫了。

虽然两人还是找到了新工作，但是薪水都不高。

面对这般生活，两个人都有些心灰意冷。

每天上班累得要死，回家也没精力甜言蜜语。

接下来的事情就跟"狗血"电视剧一样。

有了矛盾就吵架。

虽然没几天又会和好，但对于生活的希望和耐心依然在这种争吵中慢慢被消耗掉。

也许他们还没意识到自己的生活正在逐渐生长出刺儿。

也许他们已经知道，只是装作没有发生。

一年过去，生活没有改变，依然窘迫难挨。又一年过去了，物价在涨，什么都在涨，只有工资不涨。

“快过不下去了。”她说。

“没想到生活这么难。”袁耀华也这么觉得。

不知道这鬼生活到什么时候才会迎来改变，这漫长又毫无目的的旅途，要到哪儿才能看到春暖花开？

“生活在底层，挣着微薄的薪水，每天忙碌到没时间休息，如果我们一辈子到头就是这模样该怎么办？如果我们一辈子都这么没出息怎么办？”想到未来的种种失望，卢静雯哭了起来。

袁耀华不知道如何安慰，每次他都说以后会更好，但生活总是一成不变。

三年了，他还没有混出个名堂来，多没用啊，也许她也会在心里埋怨自己吧。

人在恋爱的时候总是有种错觉，觉得什么都会好起来。可生活总是喜欢给人一巴掌。

几个星期后，卢静雯问了当年问过袁耀华的一个问题：“你今后有什么打算？”

袁耀华：“希望我们以后生活会变好吧，怎么了？”

卢静雯欲言又止，终于说出来了：“朋友帮我找了一份适合我的工作，是翻译，我明天就会走。”袁耀华一愣，一如当初。

卢静雯继续说道：“我也会搬走。”

袁耀华没敢问她这是不是分手，但其实很明显了，她不想要这个毫无希望的人生，她要离开他另谋出路了。

这个朝夕相伴的对象又一次转移她的阵地。他无力拒绝，在一旁看着她收拾好自己的行李。

事后，他看着只剩下他一人的房子，可到处都还有她的痕迹。他的心里很不是滋味。

又住了一个月，他终于决定回老家，我离他住的地方比较近，就叫我过来帮忙收拾行李。

我翻出了一些她的东西。

袁耀华说这些东西，他都用不着都不要了。

接着我看见他哭得很厉害，应该忍了很久吧。

将钥匙还给房东，他忍不住给她打了最后一个电话：

我们一起买下的花，一直好好摆在书桌上。

以前有我俩一起悉心照料，后来你走了，只剩下我为它们浇水施肥。

本来我早就该走的，但我有些舍不得，又找房东续租了一个月。我假装你还跟我生活在一起。

只是这不过是我自欺欺人罢了。

没有人再和我抢充电器，没有人再和我猫在被子里看电影，也没有人再和我讨论怎么收拾这间房子才更好看。

你瞧，我早上也能起个大早了，不用你再催我起床。

每一天，房间都被我打扫得干干净净，就好像你已经帮我打扫过了一样。

如今我也要走了，那两盆花会被我留在我们租过的房间里。只是我锁上那间屋子的时候，它们还在毫无知觉地绽放。也许它们还不知道，我们都不要它们了。

对了，房间的床底下还有你的一双拖鞋，是我们一起搬来的时候置办的。抽屉里有你的许多发卡，五颜六色的，我都见你戴过。你肯定都忘了拿吧，只是我也没有理由再将这些东西带走。

钥匙我给了房东，如果你还要就有空来一趟，让房东给你开门。

还有……

他准备还说些什么，但最终还是停下了。

就这些吧，结束了，你多保重。

一直写到老的故事

第一次写故事是在高三毕业，由于我的文笔太差，就加入了很多网上的文学社团。其中印象最深刻的一个叫海新文学社，是当时秋千网里的社团之一。

在这个社团里，我认识了一批有着相同爱好的朋友。其中一个社友叫做徐西，他经常与我交流写作心得，比如怎么让文章更受读者喜欢，怎么让情节不落俗套。

我们最初说好的终极目标是，让读者哭死或者让读者吓尿。可惜那时候梦想遥远，我们连读者都没有一个。

后来，时光荏苒，一晃六年就过去了。

当年那一批爱好写作的朋友们，因为各种原因，都选择放弃了自己的爱好。他们不是在网上卖衣服、鞋子，就是去做了公务员混一官半职。唯独我和徐西还坚持着这件事，只是徐西不再写文章投稿给杂志和出版社。他说他已经不再奢望自己的故事能被所有人看见，只要这世上存在这么一个一直去看他故事的人，他就会一直写下去。

虽然像这样忠实的读者很难遇到，但徐西这六年里遇见过一个，她叫桦子。她是浙江温州人，在我印象里那是一个充满小老板的省份。

有一天晚上桦子看完了徐西所有的文章，每一篇文章底下都留下了对文章的看法。

徐西当时还挺得意，炫耀似的跟我讲，看见没有，这是我的忠实读者，羡慕不?

我二话不说就将桦子拉到了群里，是时候让她看一看徐西的真面目了。只是桦子一进来就说，你们这群男女比例不协调啊，男多女少。

我敲着键盘，是啊是啊，为了维护社会和谐稳定，我把那些单身狗都抓进来了。

徐西在后面跟了一句，汪。

我淡定地说，看见没有，你的偶像其实是一只牲口。

徐西继续打字，汪汪汪，祝全天下所有有情人都是失散多年的姐妹!

桦子哭笑不得，说，本来看你写的东西，以为你是个很正经的人，没想到啊! 你在我心目中的形象全毁了。

徐西说，那你之前觉得我是什么形象?

桦子一本正经地说，当然是文采斐然的秀才书生啊，特老实、特正经那种。

徐西若有所思，那刚才的不算，我们把刚刚的事情再来一次，我的表现绝对差不了。

桦子笑着说，晚了，你留给我的印象已经不可挽回了。

徐西大呼冤枉，别啊，别啊，我觉得我的形象还能再抢救一下。真的，不说玉树临风，楚楚动人是肯定的啊！

看见徐西这么没脸没皮，我发了个呕吐的表情。你可拉倒吧，一看到女生就开始不要脸，活该你一辈子单身。

徐西回了个怒气冲冲的图片。关系好归好，你要是咒我找不着对象，我可是要跟你翻脸的。

这时桦子插了一句话，我家也有一只单身狗，母的，你愿意做她对象吗？

徐西闻言精神一振，你是说你吗？

桦子不紧不慢地回复，不是，我是说我家养的一只金毛狗。

徐西："……"

我毫不留情地为桦子的神补刀鼓掌，哈哈哈，我胡汉三交定你这个朋友了。

说起来，我们仨熟络起来成为要好的朋友就是从这次开始。后来我们每次写好文章，除了相互点评，还会给桦子看哪里需要改进，哪里用词不当。

桦子有时候也会寻求我们的帮助和意见。

有一天，大概是桦子大二下学期的时候，她说她已经想着怎么筹划自己的未来了，于是我们问桦子都有什么打算。

桦子说，虽然我离毕业还早，但是呢，我想早做准备，不能让自己一出社会就是个什么都不懂的小女孩，最好是经济能独立，有稳定的收入来源。

这是一个自尊自强的女孩子。

我继续问桦子，那你想好做什么工作，或者从事什么行业了吗？你可以先从积累经验入手。

徐西说，最好是先找准自己的定位，然后定好目标，朝着这个目标的方向努力。

桦子给我们打出了五个字：我要当老板！

我们：“……”

温州人还真是当老板当上瘾了，都快将“老板”这词发展成一个新职业了。

桦子是个执行力高的人，很快就在学校附近租了一个门面，自己亲手设计装修风格。那是一家服装店，不过桦子喜欢叫她衣服铺子。

开业那天桦子在群里和我们说，以后要是没工作就来我店里当个伙计。

徐西弱弱地问了一句，你店里缺老板娘吗？我觉得我挺合适。

这不要脸的。

桦子：“……”

我：“……”

日子长了，桦子和徐西的关系更好了。

有一天桦子跟徐西说，写完了先不要急着发表，第一时间给我看吧，我想做第一个看你故事的人。徐西这狗东西见色起意，二话不说就答应了。

我看得出来，徐西对桦子充满好感，连带着他的文风题材都变了。因为徐西开始喜欢写一些温暖甜蜜的爱情故事给桦子看，故事里的结局是所有情侣最终都能在一起，所有的情侣都会幸福。桦子很喜欢那些故事，说很美很美，要是那样的感情现实生活里也能有就好了。

桦子问徐西，你觉得那样好的感情这世上会有吗？

徐西思考了一下才回答她，我相信有，不过首先你得先遇到一个那样好的人。

一个星期后。

徐西问我，怎么办？

我不知道他说哪件事，就问，什么怎么办？

徐西具体了个人，就是桦子啊，你觉得她怎么样？

我想了想平时她给我的印象，还不错啊，人也活泼，性格也不错。

徐西很激动，是吧，你也觉得她不错吧。

我故意说，是啊，我还觉得你们挺般配呢。

徐西更激动了，是吧，我也觉得我们很般配。

我叹了口气，好端端的一小伙子，怎么就这么容易不要脸呢。

徐西嘿嘿了几声就没有再回我，但我完全能想象到他发着绿光的眼睛。

当天下午我去问桦子，觉得徐西如何。当桦子说他人很好，是她喜欢的类型的时候，我仿佛感觉到一棵小白菜正在欢脱地跑向一头带毛猪，已经拦都拦不住了。

只是这里有一个问题，不管是桦子还是徐西都无法回避。他们相隔着千山万水，连真正的面对面的交流都不曾有，对方的感情是假装的怎么办？这个离自己这么遥远的人是不真实的怎么办？

不真实感这让徐西和桦子有些心慌，于是徐西和我说想要去浙江找桦子，要亲眼看到她，要牵到她的手，要拥抱到她，要让她知道自己是个活生生的人，有温度，能温暖她。

当徐西问我该不该去的时候，我没有回答。因为我知道他问我这个问题的时候，心里早就有了答案：他肯定是会去找桦子的。

问完我的当天，他就买好了去浙江温州的动车票。去之前徐西还问了我一个问题：他们的感情到底能不能成？

他肯定很想知道答案，所以心里才这么忐忑。为了让他不紧张，我开了个玩笑，那小白菜你能不能拱到我不知道，可是你妈养了二十多年的猪肯定是没了的。

下了火车，徐西去了桦子的服装店。这是他们俩第一次真正意义上的见面。

桦子还有些愣，徐西？

徐西很多想好的话都不知道怎么说了，情急之下憋出一句，初次见面，请多关照。

桦子笑得花枝乱颤，你是不是来我店里当伙计的啊？

徐西一本正经地回答，我是来应聘当老板娘的。

桦子笑得更厉害了，好啊好啊，正缺呢。

这最后的一丝陌生也因为见面消失了。

徐西和桦子正式恋爱了，他们俩几乎每天都要在群里秀恩爱。

有次和他们俩视频的时候实在忍不住我就问徐西，你以前不是说，所有情侣都是失散多年的姐妹吗？徐西理直气壮地告诉我，那都是因为他当初年纪小不懂事，所以就不要用这些过去的事吐槽他了。

我去，我从未见过如此厚颜无耻之人，你都二十多了好吗？

桦子被逗得哈哈大笑，你们真是太逗了。

徐西突然喊了一句，妹妹。

桦子也娇羞地回了一句，姐姐。

好吧，你们这两逗比情侣赢了。

再后来因为工作和生活圈子的不同，我和徐西、桦子的联系就少了，只知道他们俩一直在一起。徐西依然会写故事给桦子看，只不过他不再刻意去写爱情，因为他的感情已经融入到和她生活的每一个细节里。

今天上午，徐西突然联系我，还把自己写给桦子的故事给我看，说是在很久很久以前，有七个葫芦娃，蛇精为了抓住他们炼丹，就在自家洞府旁边开了一家网吧，从此这七个小学生不顾老爷爷的劝导打骂，上网成瘾，就连蛇精都赶不走他们……

阿弥陀佛，佛祖告诉我不能骂人，不能骂人。

徐西嘿嘿一笑，其实我是有事想叫你帮忙。

我问徐西，什么忙？

徐西说，我看你在空间说你过几天要去旅游是不是？

我回答他，是啊，这两天就准备出去了。

徐西不好意思地开口，其实也没什么，就是想让你帮我在那儿买几包奶粉。

天啊，好久不见，你们居然连孩子都有了。

徐西说，那咋了，我们还要白头到老呢！

我衷心地祝福他们能永远在一起。

时间过得可真快啊，从一起探讨写作到拜托我给他代购奶粉，我们的世界终于成长到不再只有理想，还要面对生活。庆幸的是，无论这个世界有多么糟糕，总有人能找到相爱厮守的陪伴。这是一份属于茫茫人海里的幸运。

他爱她，她也爱他。

这就是一个能够一直写到老的故事。